Amélie Nothomb

*La nostalgie
heureuse*

幸福的怀念

〔比利时〕阿梅丽·诺冬 著

段慧敏 译

南京大学出版社

图书在版编目(CIP)数据

幸福的怀念／(比)诺冬(Nothomb,A.)著；段慧敏译.—南京：南京大学出版社，2015.5
 ISBN 978-7-305-14878-1

Ⅰ.①幸… Ⅱ.①诺…②段… Ⅲ.①长篇小说-法国-现代 Ⅳ.①I565.45

中国版本图书馆CIP数据核字(2015)第052198号

© Editions Albin Michel – Paris 2013
Simplified Chinese translation copyright © 2015
by Nanjing University Press
all rights reserved

江苏省版权局著作权合同登记　图字：10-2015-005号

出 版 者	南京大学出版社
社　　址	南京市汉口路22号　邮编 210093
出 版 人	金鑫荣

书　　名	**幸福的怀念**
著　　者	(比利时)阿梅丽·诺冬
译　　者	段慧敏
责任编辑	沈卫娟
照　　排	南京紫藤制版印务中心
印　　刷	江苏凤凰盐城印刷有限公司
开　　本	787×1092　1/32　印张 4.75　字数 60千
版　　次	2015年5月第1版　2015年5月第1次印刷
ISBN	978-7-305-14878-1
定　　价	28.00元

网　　址：http://www.njupco.com
官方微博：http://weibo.com/njupco
官方微信：njupress
销售咨询：(025)83594756

＊版权所有，侵权必究
＊凡购买南大版图书，如有印装质量问题，请与所购图书销售部门联系调换

我们所爱的一切都将成为杜撰的故事。我最初的杜撰之一是日本。五岁那年，自人们将我从日本带走开始，我便已经开始为自己编织这故事。很快，我叙事之中的缺漏使我感到不安。我曾经以为了解这个国度，但多年来它已与我身心远离。关于它，我能够说些什么呢？

我从未想过要去杜撰。它是自然而然开始的。这里没有鱼目混珠，也没有刻意粉饰。人们的经历会在心中留下一种曲调——这正是人们在叙述中执意聆听的东西。重要的是用语言的方式将这种声音描述出来。这便意味着会有切分和近似处理。我们的删减恰恰暴露出了我们内心的纷乱。

我需要与伦理再次取得联系。他是我二十几岁时弃之远去的未婚夫。我一时找不到任何他的联系方式,这似乎并不是疏忽所致。因此我从巴黎的办公室打电话给国际信息问讯处。

"您好。我想找一个东京的电话号码,但是我只知道对方的姓名。"

"您请讲。"那人回答道。他好像并没有意识到我的问题的荒谬——东京都有两千六百万人口。

"姓氏是水野,名字是伦理。"

我拼读给对方,那是艰难的一刻,因为我从没记住惯用解释法,而说了一些类似于"什锦水果的水,骑士小说中的野马的野"之类，我能感觉到电话另一端的人对我的憎意。

"请您稍候，我为您查询。"

我等待着。我的心跳开始加速。伦理是我认识的最温柔的男孩子，可能在四十秒后，我就可以再次和他通话。

"东京没有人叫这个名字。"那人继续说道。

"什么？您是说没有水野伦理这个人？"

"没有。东京没有人姓水野。"

他没有意识到，但这就像是说在巴黎没有人姓杜朗。"伦理"是一个很少见的名字，就像在我们的国家里有人叫做"阿塔纳斯"一样，这或许是为了弥补姓氏平凡的缺憾。

"我应该怎么办？"

"等等，我找到了一个号码，我想是日本的问讯处。"

他给我报出了十四个数字。我谢过他，挂断电话，又拨通了日本问讯处的号码。

"*Moshi moshi*"，我听到一个非常动听的女性声音。

我已经有十六年没有讲过这种奇妙的语言了。不过,我成功地询问了她是否能够帮我找到水野伦理的号码。带着第一次读到一个罕见词的人所会表现出的礼貌的好奇,她大声地重复了这个名字,而后请我稍候。

"没有水野伦理这个人。"她最终告知我。

"但是有人姓水野?"我坚持道。

"没有。非常遗憾。"

"东京没有人姓水野么?"我惊呼一声。

"在东京是有的,但是在您所拨打的高松公司,其号码簿里没有。"

"请您见谅。"

此后会多出这样一个宇宙奥秘:告诉我日本国内问讯处号码的法国国际问讯处员工,为什么会将我推给鲜为人知的高松公司的号码查询处?不过这家公司的总机话务员非常可爱。

我重新打给法国国际问讯处,接电话的是另一个人。我的脑海里闪过一个绝妙的主意:

"打扰您了,我想要东京的比利时大使馆的电话。"

"请稍候。"

他把我转到等候音乐上,这音乐声非常微弱,以至于它不会使人气恼,反而能够唤起同情之心。

十分钟之后,我的思想快接近虚无的时候,那人又在电话里对我说:

"没有这个地方。"

"您说什么?"

我已经不记得我们在说什么。

"东京没有比利时大使馆。"他言之凿凿地对我说。

他或许会用同样的音调对我说在摩纳哥没有阿塞拜疆领事馆。我觉得毫无必要对他说我父亲曾经在东京的比利时使馆工作过很长时间,而且这并不是非常久远的事情。我谢过他,挂断了电话。

本可以简单行事的时候,我为什么要弄得那么复杂呢?我打了电话给我的父亲,他背出了东京比利时大使馆的号码。

我拨了这个号码,要求和伊达小姐通话。我想她现在应该是五十岁左右了。我们首先互相寒暄了几句。伊达小姐是日本驻比利时前任大使的女儿,有一点像是我的对应人物。我最终问出了我的问题:

"伊达小姐,您是否还记得二十年前那个年轻人,我当时那个未婚夫?"

"记得,"她带着揶揄的语调,似乎暗示着我的此等不端行为肯定不会被忘记。

"使馆的档案中会不会有关于他的联系方式的线索?"

"等一下,我来查询。"

我很感激她没有嘲笑我彻底丢掉了他的联系方式。五分钟之后,伊达小姐说:

"他已经不在使馆的档案里。但是我记得他的父亲是一所珠宝学校的校长,我在网上找到了这家学校。您的……您的朋友现在是这所学校的副校长。这是这所学校的号码。"

我兴奋地感谢了她,然后挂断电话。现在,我需要勇气。我决定毫不犹豫立刻打给他。

一位总机话务员接了电话。我要求和水野伦理通话。她礼貌地拒绝了我,好像我是在要求和英国女王通话一样。

"我是从巴黎打来的。"我语无伦次地说。

她怜悯地叹了口气,问我可以通报的名字。

"阿梅丽,"我说。

在水野学校,我曾是《四季》协奏曲的同义词,七十年代的日本,人们将这个曲目看做是代表蜜月旅行的曲目。

五分钟之后,一个熟悉的声音在电话的另一端响起。

"简直不可能,"伦理以无懈可击的法语说道。

"听见你的声音真开心!"我傻乎乎地喊道。

那的确是我当时的感受。我们已经有十六年毫无联络。伦理是我二十三年前遇到的那个极为善良的男孩子,我对他的感情从未改变:不是爱情也不是友情,而是一种如果没有经历过便不会感受到的亲密的兄妹之情。

"你过得好吗?"他兴奋地问我。

"很好,你呢?"

从未有过的愉快的寒暄。我发现自己曾害怕他的反应:五年前,我出版了《非亚当非夏娃》,在这本书里我讲述了我们的关系。当然,故事中呈现了当时的他,一个极好的男孩子。但是他或许同样会怨恨我。"或许他并不知道,"我这么想着——这是典型的我,当我发觉某个人并不怨恨我,我便会立刻想象出某些借口,我的负罪感是那么的深重。

我相信伦理猜出了我的心思,因为他说:

"我读了你所有的书!"

"真的么?"

"是的。我还在 YouTube 上看了你所有的电视访问!"

他作出肯定回答的时候,带着一种兴高采烈的劲头,这表明了他的观点。很显然,他觉得我的书和我的电视访问滑稽可笑。唉!我很会应付。和我的父母一样,伦理属于那种人,我一开始说话他们就发笑。我从未理解过这种态度,但它并不是毫无可取之处。

"伦理,我三月末要回东京。我们可以见个面么?"

"非常乐意。"

"我太高兴了!"

"你的号码没有显示,你能告诉我么?"

我告诉他我的号码,并请他常常打给我。

"我想紧紧地拥抱你。"

"我也是。"

我挂断电话,深受感动。我从未料到这样顺利。

我乘势给西尾太太打了电话。她是我的保姆,我非常喜欢她。阪神地震第二天之后,我们再也没有通过话,已经有十七年了。打电话给她对我来说更为容易,她曾是我的乳母,在我们之间从不存在有争议的情况。当然,她除了日语什么语言也不会讲,而我已经十六年没有讲过日语,但我不是也同样自如地应对了高松公司那位可爱的女孩和水野学校的接线员小姐么?

我鼓起勇气,拨了西尾太太的号码。儿时的我曾像喜欢妈妈一样喜欢着她。拨日本的电话号码时,连

铃声都是不同的,我正思考着这一现象,一个年轻而活泼的声音打断了我:

"请问是西尾太太么?"

"是的。"

这应该是她的某个女儿。不可能是我的乳母,她已经七十九岁了。为了保险起见,我继续问道:

"您是京子么?"

"是的,我就是。"

难以置信。她依然保有我四岁那年她对我说话时的声音。我想告诉她这一点,但是我的语言方式使我很难表达。

您的声音……难以置信!我像一个傻瓜一样重复着。

"您是哪位?"西尾太太迷惑不解地问道。

"我是阿梅丽酱,"我答道。

我还是个小女孩儿的时候她就这样叫我,意为"小阿梅丽"。

"阿梅丽酱!"她的语调中带着同样的怜惜,就好像我确实是四岁一样。

"您记得我么?"

"当然!"

我眼含泪水,表达越发困难。

"阿梅丽酱,你在哪儿给我打电话?"

"在巴黎。"

"什么?"

"巴黎,法国的巴黎。"

"你在那儿做什么?"她问道,就好像我做了什么不可理解的蠢事。

我听见自己答出这样一句令人不快的话:

"我成为了著名的作家。"

"啊,是吗。"西尾太太说,语调听上去好像是觉得我在随便说些什么。

"西尾太太,您愿意和我一起为电视台录制节目吗?"

更确切地说,这是我想问她的问题。但是我的表达胡乱拼凑,以至于她答道:

"你想和我一起看电视?可以。我有一台电视机,你可以过来。"

"是的。不是。"我的日语忘记得太多了。"法国记者想见您。您愿意么?"

"你也会在么?"

"是的。"

"我很乐意。你什么时候来?"

"三月末。"

"好的。你父母都好吗?"

她跟我说话,就像是跟一个温柔的精神病人说话,这个精神病人自认为是一个著名的作家,却连一个正确的句子都说不出来。

我挂断电话,以手掩面。

接下来的一个周末,我和我的父母共进晚餐。我原本想和他们谈起我即将启程的日本之行,以及之前打过的两次电话。正要说起的时候,我却无从开口。

这是在我身上经常发生的事,特别是和亲人们在一起的时候:我想吐露一些对我来说非常重要的事情时,叙述机制便停止运转。这不是生理的原因,我依然可以发出声音。这是一个逻辑性问题。我被这样一个问题所困扰:"为什么我要说这些?"因为找不到问题的答案,我便缄口不言。

而我的姐姐也在那里。我喜欢和她说话。但是我什么都说不出来。我想着在动身去日本之前还会和他们一起吃晚餐,并以此来自我安慰。那时候我一定会告诉他们这个消息。

自1996年12月以来我便没有再踏足日出之国。此时是2012年2月。出发的日期定在3月27日。

没有日本的十六年。我的五岁到二十一岁之间也是同样的时间跨度,这段时间对我来说就像是穿越了一次沙漠。五六岁的时候,为了平静地忍受,我会藏在桌子下面。在这个幽暗的角落,我重建起我的花园,我的伊甸园之曲,回忆因此变得比现实更加真实。看到这个由幻影重现出的已失去的世界,我会睁着眼睛哭泣。人们找到我的时候,问我这是何种悲伤,我答道:"是怀念。"

很久以后,我发现在西方世界"怀念"是被人轻视的,它是有毒的厚古薄今的价值观。我得到这样残酷的诊断,却并没有被治愈。我依然是一个顽固不化的怀旧的人。

有人建议做一个有关我在日本的童年记忆的电视报道,我出于一个简单的理由答应了。我确信电视台一定会拒绝。我那个时期处于这样一种思想阶段,即认为自己一文不名,没有任何人会在我身上花一欧元。

制作团队惊讶于电视五台用了三个月时间做回复。我却并不感到意外:计划过于荒诞,电视台或许并没有必要发送拒信,沉默已经足够表明此事的失败。

一月份,制作团队通知我电视五台接受了计划。我惊慌失措。我真的要重返日本了。我愕然觉得我从未相信过的这一画面竟然使我感到兴奋。

没有日本的十六个年头。这期间我已经筋疲力竭。过去时态不能说明问题——我现在依然精疲力竭。今天是 3 月 11 日。福岛核泄漏一周年。这次灾难给我带来的伤害难以言表。灾难发生后,我写了一篇小说颂扬日本的崇高,并将这篇小说发表以献给灾民们。这不过是沧海一粟,却引起了意料之外的结果。自《战战兢兢》之后就没再翻译我作品的日本,又重新开始翻译我的书。

十六天后,我将出发去大阪。我试着去思考这件事。徒劳无益:我的思想立刻会退避三舍。感到畏惧显得太过夸张了。我知道我需要被拯救。从什么之中被拯救?从一系列事物中,而其中大部分的事物对我来说都是未知的。如果我确切知道是什么在威胁着我,我或许便会被拯救了。

拯救是从最为怪异的神秘事件开始的。2011年12月21日,我收到了一盆优雅精致的盆栽。我将它放置在我的公寓里,并给它命名为斯威夫特。两周后,斯威夫特濒临死亡。我跑到一个自称是这方面专家的花店女店员那里,她对我说:

"您的盆栽快不行了。"

"我知道。您有什么建议么?"

"没有。"

"一定可以为它做点什么。"

"抵制死亡?"

"它还没有死。只要它还活着,就一定有希望。"

她抬头望天。

"这些空话对于盆栽来说没有任何意义。自它很小的时候起,它就承受了您无法想象的痛苦折磨。您知道,它不想活下去。"

我觉得这位花店女店员有些忧郁,她把她的病症赋予了她的植物。我转身离开。

在街上,我路过一家电影院,里面正在放映斯科塞斯的《雨果·卡布里特》。时间刚刚好。我买了一张票,抱着斯威夫特站在队伍里。人们看着我,对我摇摇头。时间到了,我坐在放映厅里。斯威夫特在我的膝盖上,好像即将咽下最后一口气。我几乎不敢去想象,在它生长的过程中,人们为了把它变成盆栽而使它遭受了怎样的折磨。观赏这一深受折磨的物种,已经很能说明我们的残忍。

电影开始了。我对前半部分毫无兴趣,已经准备睡去。在电影院里睡比在床上睡要好很多,那是清醒的睡眠。但是后半部分让我兴奋不已,我初次感受到对月球的兴趣。梅里埃这个角色使我不再反感征服太空的行为。我充满欣喜地离开了放映厅。在我的怀抱里，斯威夫特保持着一种冥想的沉默。

回到家之后，我把我的植物伙伴放在了咖啡壶旁边，我自己仍然处于兴奋之中。第二天，我的盆栽苏醒过来了。只是，它不再是盆栽。它还是很脆弱，但是从那时起它长出了像猴面包树叶子那么大的新叶子。斯科塞斯解除了它身上的微小魔咒。

伦理再次打电话给我的时候,便不再有同样的声音。他语气中带着不安:

"那天你打电话给我的时候,我太过高兴,所以没有好好考虑。"

"考虑什么?"

"你写的有关我的书,《非亚当非夏娃》。"

"这本书你有什么问题么?"

"你多久之前写的这本书?"

"五年前。"

"你确定么?"

"确定。"

"我原以为会更早。"

"有什么不同吗?"

"会有不同。"

"啊。"

"我拥抱你。"

这次对话我完全不懂。很明显,他如释重负。《非亚当非夏娃》中,我如实地描述了他,这个世界上最温柔、最令人愉快的男孩子。为什么我的赞扬来得迟他却能更好地理解呢?

突然之间,我害怕与他重逢。我曾一直想要再见到他,但是我却有些害怕了。

和几乎所有的成年人一样,我有过几个前男友。通常我不会再见他们。然而大多数情况下,我对他们都保有美好的回忆。如果我与他们重逢,我的快乐之中会混杂着一种难以言表的不安。这让我想到我们社会的形象——这形象并不像它想要的那么酷。

这通电话使我感到忧虑。然而我却认为与伦理重逢应该是一件奇妙的事。我还想见他的妻子。或许他会理解我。

我与他的故事持续了两年——1989年到1990年。那时候,和一个人在一起这么久,对我来说是难以置信的。人们都确信我们一定会结婚。这让我感到畏惧。让这些人不去插手别人的事情是不可能的。

我又一次和父母与姐姐一起吃晚餐。我不经意地说出了要说的话:

"我要去日本了。"

大家都惊呆了。在我家,"日本"是一个神圣的词语。

"我3月27日出发,4月6日回来。日语版的《管子的玄思》刚刚出版。"

总之,没有这样一个借口,我似乎就是在宣布我要去进行一次放松旅行。

"你去哪儿?"我父亲问道。

"神户六天,东京三天。"

我简单地讲述了我和伦理以及西尾太太的通话。所有人都非常兴奋和快乐。我就像完成使命的人一样,感到一身轻松。

直至今日,我与日本之间的田园牧歌都是完美无缺的。其中包含了传奇之爱所必不可少的要素:童年时代的难忘相遇、生离死别、怀念、二十岁时的重逢、艳情、充满激情的关系、发现、波折、暧昧、婚约、逃离、原谅、遗患。

当一个故事成功到这种程度,人们就会怀疑是否有能力去续写。我害怕重逢。既害怕又渴望。

伦理从那以后得到了我在巴黎的号码。昨晚我的电话留言里有一个男人的声音,说他很高兴与我重逢。片刻空白之后,我开始猜想这个人是谁。而后,一切又恢复正常。这种异常感觉使我有如经历着双面生活。

显然,我曾有过更多种的生活。但是地理比时间更能做出清晰的限定。我的日本生活其优势在于它与其他的各种生活并没有太多的交集。也正因如此,我尤为喜欢在日本生活。我在日本所经历的一切不会充满嘈杂或是空忙一场。我二十一岁那年带着重新开始的想法回到了日本。

有些人会说,在这些条件下,任何一个国家都适合我的要求。我对此感到怀疑。我知道我需要被征服,需要有所信仰。日本在我身上激起了这种想法。它是唯一一个这样的国家。

3月27日,飞机起飞的时候,我在思考,如果没有电视台和日本的出版社,我是否会在某一天主动重返日本列岛。

对于这种虚空的问题,人们或许永远都不会有答案。然而,我觉得我的答案是否定的。这是因为在我的个性中有一种非常荒谬的东西。我不知如何去命名我身上这可笑的一面。

这一点的另一种表现。我遇到了一个让我迷恋的人。这个人跟我定在某天约会。我非常高兴。日子近了,我的喜悦日益增加。约会当天,我赶赴约会的地点。在路上,我却觉得筋疲力尽。我变得虚弱至极，以至于我走到第一个公共长椅上便不由自主地坐了下来，一动也不想动。这种虚无的冲动是一种疯狂的力量。我从未屈服于这种力量，但是我却感受过无数次，没有任何解释能够使我信服。

我确信，在漫长的十六年里，是同样的虚无的冲动阻止了我重返日本。然而我却发现我从不会失约。既然世界上存在着各种各样的人，我想一定存在着屈从于这种冲动的人们，他们不会去和良人约会，而是坐在公共长椅上，不再离开。那些人任由自己被空虚的召唤所毁灭。我看到自己身上与他们的微小差别。这种情况让我充满恐惧。

我会被拯救，因为我是个践约的人。人们都知道这一点。为什么我会如此？我觉得日本在其中起到了重要作用。日本人言出必行，这是显而易见的。

因此，没人怀疑过我 3 月 27 日是否会出现在巴黎-大阪的航班上。这种确信促成我准时出现在了机场。一切又回到了原点。在重返一个守信的国度这件事上，我也表现得尤为守信。

只有我自己知道一个可怕的秘密，知道自己在看到一个公共长椅的时候,险些让出租车司机停车。

涉及工作上或是礼仪性的约会时,也就是说,当虚无的冲动等同于对强迫的拒绝时,这种冲动却从来不会发生作用。正因如此,我将这种冲动与虚无联系起来。这种冲动试图将我最真实的渴望化为乌有。

我觉得我应该感激文明的定义,这一定义里对我们的诺言中最微小的方方面面都赋予了礼貌的含义。若非如此,我或许会对全世界失约。

大地。飞机在日本南部上空。只是透过舷窗远远望见这片神圣的土地,我的心就开始狂跳不止。然而这里只是四国岛。我从未踏足过这里。飞过四国岛的时候,我考量它与我所知的日本的区别。四国岛人烟稀少,几乎没有城市化。日本列岛的概念确实奇怪。如果四国岛属于其中,那么为什么库页岛不在其内?千岛群岛呢?还是不要用这些旧事来激怒俄国了。岛屿争端应该控制更广的范畴。毕竟,从远处看,欧亚大陆也是一个岛屿。为什么它不属于日本列岛?这个想法从直觉上看是荒谬的,从飞机上看下去,它却有着其逻辑性。

大阪的机场建在海边。着陆前两秒,飞机轮下还看不见陆地。我屏住了呼吸。

电视五台的团队在等我,他们比我提前一天抵达,要拍摄我踏足这片土地的最初瞬间。我确定他们并不会打扰我。我身上所发生的一切,摄像机能够感受到什么呢?它只能捕捉到湖面的涟漪,我依然隐藏在没有任何光亮可以照射到的深底。

我们乘长途巴士去神户。我们沿着我童年的海岸前行。大阪湾在七十年代曾经是一个货港,现在它神奇地变得干净整洁了。大阪与神户之间,城市规划衔接完好。风景并不漂亮,却使我深受触动。"我在去往神户的巴士上",这样一句话已经足够把我带入灾区的内部。

夜幕降临的时候,我们抵达了宾馆。我的房间可以俯瞰这座灯火通明的城市。我的感受已经无法言说。

让我来回顾一下。今天是 2012 年 3 月 28 日。我是一个比利时作家,漫长的别离之后,我又回到了载有我最初的回忆的国度。

我最后一次到日本,是在十六年前,但是我最后一次到神户,却是二十三年前。这期间,这座城市曾一度被 1995 年 1 月 17 日的大地震大面积地摧毁。我透过窗子看到的一切似乎很熟悉,然而却不可能是那座城。

倚窗观望的这个人与这座城同处困境。我四十四岁。如果说时间会有分寸地在每个人身上安排些什么,那么它所安排的应该是伤痕。我觉得自己所有的不比别人多,也不比别人少,亦即有很多。这一共同的份额,没有使我得到锻炼,而是使我坦承了心迹。我的反应比以前更加有力。只需看到这座被修葺的城市,我便会颤抖。我的乳母西尾太太就在其中某一个我不知道也无法定位的街区。明天就是我去见她的日子。这句话使我心力交瘁。我不会明了。

3月29日并没有轻松地开始。我们出发去凤川，我五岁前生活的村庄。需要乘电车。在路上，我发现"电车"更确切地说相当于巴黎的近郊快线。我小时候也是这样么？我不知道。童年时代，去神户对我来说就像是一次远征。

次第经过许多车站。我很熟悉这些站名。那是一个晴好的春日。每一个平交道口都会响起一阵从未改变的铃声。这刺耳的"叮—叮—叮"声音在我的记忆里引起了一阵兴奋。重回这里是否足够谨慎？

在凤川站，我们上了出租车。这听上去已经有些虚幻。夙川的出租车——为什么不是基希拉岛的F1赛车？在我童年的村庄里，没有出租车。发生了什么？这里不再是一个小村庄，而是靓丽的城郊，是一个宜居街区。

我感到一阵寒冷。当然，曾有过1995年1月17日的阪神地震——人们不再用其他的叫法，以避免与2011年3月11日的地震混淆起来。阪神地震以来，我再也没有回到过这里。我应该预想到这些变化，我不能够向哀恸之魔妥协。唯一重要的是，生活会将它带走。

在出租车上，我表情木然。摄像机像是在拍摄着一块环顾四周的石头。这是对充满童年回忆的国度的礼节性访问。"上田太太怎么样了？""哦！可怜的上田太太！她丈夫被倒下来的屋檐砸死了。于是，您应该明白，为了不去想这些，她就离开了这里。""那么康由常常带我去的那家糖果店呢？""重建之后，人们不再吃糖果了，那里变成了一家洗衣店。""康由呢，他还在这里么？""他死了。""什么？我四岁的时候，他才十八岁！""摩托车事故。"

我没有能够停留在事物表面的天赋。我颤抖的时候,是因为被触动了神经。这时我除了颤抖什么都不能做,不是像一片叶子一样的颤抖,而是像即将发动的机器一样颤抖。

"我们到了",出租车司机说。

"到哪儿了?"我向他提出了一个愚蠢的问题。

"到了您跟我说的地址。"

我礼貌地问起各个地方。我度过人生最初几年的那座房子的原址上,如今建起了豪华住宅。这些住宅就像是人们现在在韦里埃-勒比松建起的豪华住宅一样,是为了表现自己在社会上的成功。当然,人们告诉我,我们的那座房子(当我听到"房子"的时候,总是想到我们的房子)没能经受住地震的冲击。知道是一回事,看到是另一回事。

如果说我有日本人的一面,其原因即在这里:当我感觉到我的情绪太过强烈,我就会变得木然。我僵直的身体在街上无目的地走着。有人把麦克风拿过来,我说了一句关于时间流逝的老生常谈。

我发现我在请求这里向我传递一个信号。真是白痴。这座房子能对我说什么呢？然而，确实有些事情发生了。透过偏门，我看见一个女佣拿着一篮脱过水的衣服，把衣服晾在厨房后面拉着的绳子上。

西尾太太，我喜欢的乳母，也在同一个地方，做过同样的事情。我曾看着她将宽大的床单展开，将弄皱的衣服平整地晾开，这些都曾让我着迷。

突然，我想起来，我从十七岁开始负责家里的衣物洗涤。除了写作之外，我日常生活中唯一持续做的事情就是洗衣，甚至如果有人替我洗了，我都会发火。如果我有洁癖的话，这很容易理解，但事实并非如此。这个陌生女佣让我发现了真相。对我来说，洗衣服，就是在证明我是西尾太太的女儿。

我注视着那个拿着湿衬衫的女人。摄像机觉得这很重要，于是把她记录了下来。

"我们在这个街区走走吧。"导演提议道。

我很顺从地走在如今被称为"夙川"的地方的街道上。我不由自主地走上了去学校的路。当我准备走进学校的时候,制作团队阻止了我:

"我们计划明天早上去学校。"

一个比我更讨厌的人会问起为什么会有这种荒谬的事情。但是我没有,我没有提出任何问题,我已疲于遏制一颗破碎的心。

悲痛越是平凡,便越是认真。所有人都有过这样残酷的经历——遥远的童年圣地被亵渎,被认为不值得保存,并且这一切都是正常的,就是这样。"别再可笑地多愁善感了，"我对自己说，"世上还有很多更重要的事情。"我知道确实如此，可我却不这么想。我灵魂中狂妄而自信的一部分大声呼喊着，如果夙川依然是老样子，世界就将被拯救。

事实并非如此。我随意走着，看到了一个游乐场。那不是我童年时代的游乐场，但是我也不是儿时的我。我坐在一架秋千上，和所有人坐在秋千上时一样，我荡着秋千。摄像机录制着，这件事按部就班的一面并没有打扰到我。当人们扮演追寻童年记忆的成年人角色时，就应该预料到有这样的安排。

我看向山的一边，那些山脉在我童年的时候曾经是那样的荒芜和神秘。居民住宅已经将这些山一口一口吞噬了下去。我知道我目所能及的那个位于半山腰的绿色小湖，现在已经变成了一个停车场。这份悼亡的情绪可以持续很久，我有意地抑制了它。

"试想一下相反的一面，"我对自己说，"什么幸存了下来？"似乎是四周有着同样的沉寂，间或会有毫无挑衅性的犬吠声。空气也没有变化，我辨认出了它轻抚脸颊的方式。

沉寂与空气，一切没有那么坏。我还想要什么呢？我为振奋心情而微笑。我朝着车站走去，只需沿着有坡度的小街前行就能抵达。

突然之间，我几近昏厥。用这个词并没有夸张。我为什么花了那么长时间才注意到那个排水沟？是它没错。我见到的排水沟和我童年时代的排水沟别无二致。这让我喊了出来。我沿着排水沟前行，走到哪里我都能认出它的样子。我的心情豁然开朗，我跑到了排水沟流入下水道的地方。不可思议！我曾经那么多次在排水沟里玩小鱼和小船的游戏，我还记得那种神话般的感受，抵达这里就像抵达了世界的边界，这边界就与宽阔的下水道口相接，它正张开着虚无的大嘴。

制作团队追上了我。我的声音因情绪而哽住，结结巴巴地说：

"排水沟和下水道没有变。"

这一自豪的宣言没有引起任何反响。同伴们礼貌的迟钝表明我说了一件没人感兴趣的事。我因此明白了，这个早晨的朝圣中，我所体会到的最为强烈、最为深刻的情感，是完全没有意义的。

我们乘出租车离开了夙川。西尾太太住在郊区偏僻的一角。路上,我们停下来吃了午饭。我任何东西都难以下咽,于是出发去找一家花店,买了一束玫瑰花。

"是要送人的么?"花店女主人问道。

我点头。她帮我做了一个比里面寒酸的玫瑰高级很多的外部包装。我拿的这束花足以去参加著名歌唱家的葬礼。

出租车一直把我们送到了神户郊区的一处政府公营住宅。建筑看上去有些脏乱。我们提前到了十分钟。我在院子里随意走走,看见四岁的孩子们在玩球。在约定的时间,我上了七楼。建筑外面有楼梯可以通向公寓。房门破旧。在一个房门旁边,我认出了两个表意文字"西尾"。我心情沉重地按响了门铃。

门开了,我看见一位很老的妇人,大约有一米五高。我们首先惊异地端详了对方。重逢是复杂的现象,人们需要长时间的见习才能执行,或者干脆禁止重逢。

她叫出了我的名字;我也叫出了她的名字。在电话里,她的声音听上去非常年轻,现在我不再有这样的感觉。她让我随她进去,并且开始了一连串抱歉的话。我脱掉鞋子,制作团队的成员们也脱掉了鞋子。我们和西尾太太一起到了一间极小的起居室。她请我坐在一把椅子上,她自己站在我身旁。我们终于有了同样的高度。

我把摄像机指给她看,问她是否给她带来不便。她又开始她一连串的抱歉的话,我很能理解她,我与她感同身受。我们都太过不安,摄像机的存在并不会影响什么。

我把玫瑰花束送给她,这束花几乎与她同高。她去把花束放好,拆去了外面的包装,一边尖声感谢着,我一直都记得她的这些话语。而后她回来站在我椅子的对面,端详着我。

"你长得像妈妈,"她最终说道。

"您的女儿们怎么样了,西尾太太?"

"我不知道。"

"您已经当了外婆吗?"

"我的女儿们有了孩子,但是我没见过他们,她们不来看我。"

这个消息使我惊呆了。西尾太太,一个没有丈夫的穷苦女人,终其一生都在辛苦劳作抚养她的一对双胞胎女儿,而现在她们竟然抛弃了她。我等待着一个解释,却一直没有等到。我知道不应该向她问起。

西尾太太真是老了!她大概有八十岁,但是她看上去比八十岁更老。她的白发剪得很短,身上穿着一条裤子和一件宽大的羊毛开衫。公寓里面还算舒适,这多少让我放下心来。直至此刻,我们依然没有轻抚对方,也没有说出什么可以证明我们之间深厚感情的话。我知道如果我再不做出什么努力,我们就不会脱离这种保守的状态。

我鼓起勇气说：

"西尾太太，我也是您的女儿。我从欧洲来看您。"

奇迹发生了。西尾太太啜泣着将我拥进她的怀里。我仍坐在椅子上，这个姿势并不适合我。于是我站起身用尽全力抱紧这个弱小的女人。

我们无休止地这样抱下去。我哭着，就像是五岁时候人们把我从她的怀里抱走时候那样哭泣。我极少感受到同样强烈的情感。我把头伏在这个我生命中如此重要的女人的头上，就在这时候，令人厌恶的事情发生了。因为哭泣，我的鼻涕流到了我神圣的母亲的头上，我怕她已经感觉到了，于是我用手掌抚摸着她的头发，想去擦掉我的罪证。在日本，这样亲密的举动是一种疯狂的粗俗无礼的行为，但是西尾太太接受了，因为她爱我。

这是世上亘古不变的法则：如果我们注定去感受一种强烈而高贵的感情，一件怪诞的小事总是即刻就会来扰乱。

我们松开了对方。我心绪起伏,跌坐在椅子上。西尾太太一直不想坐下,或许是想平视我。

"您住在这里很久了吗?"

"是的,从1995年地震把我的房子毁掉开始。"

"2011年3月11日您在神户感觉到余震了吗?"

"你说什么?"

"您知道:福岛。"

"我不明白。"

我转身看向我的翻译,一位二十二岁的东京人,希望他能帮助我。他耐心地向我的乳母解释着我是在说2011年3月11日的地震。

"那是什么?"她问道。

我和年轻人快速地交换了眼神。在梦人的眼神里,我看出了他在问:"我是否要向她解释?"我摇头拒绝。

这样,即便有电视机,西尾太太依然没有知晓去年的震灾。年老保护了她。我并不觉得将此事告知她有什么益处。如果她的大脑没有记录这次悲剧,那是因为她忍受痛苦的能力已经达到了饱和。面对这个经历过二战炮火洗礼的女人,我们有什么必要再用福岛的灾难来折磨她呢?

她向我问起我的父母、哥哥和姐姐。她听到我的回答都会报以小小的感叹,这些意味着她听得非常认真。

"您还记得我小时候,您会任我在您的盘子里吃东西么?"我问。

她用一个手势来否定我的话。我不知道这是意味着她已经不记得,还是她认为这样平常的事情不值一提。

我们怎么会知道一位老者神志不清? 她总是犹豫不定。不是她在我们面前失礼,而是我们在她面前失礼。她有一项重要的本领,即她有能力不去理解自己拒绝接受的东西。我们所有人都希望能够拥有这种天分。

既然我在电话里对她说起过我是作家,我是否要跟她提起我的书? 我极端缺乏这种渴望,这种感觉使我最终没有涉及这个话题。我不是想去分析这种感觉,而是让自己顺应它。

告别的时刻到了。我说出了这句礼貌用语：

"您辛苦了。"

西尾太太僵立在那里。她礼貌地与制作团队道别，团队成员一一出去，让我独自留下与这位至关重要的妇人在一起。于是，她抽搐着，拥抱我，又握起我的手腕。她哀伤的眼神言说着一种令人难以承受的话语。

一个小时之前，我觉得重逢是应该被禁止的事。现在，我觉得离别也同样应该被禁止。我在一个小时之内，打破了这两个同时发生的禁忌。我唯一的借口，即没有注意到其中的悲伤本质。

我和西尾太太像是喷气式发动机一样颤抖着。她说她感到羞愧，我说是我感到羞愧。我惊异于自己会不想继续留在这里。我想让这分离彻底结束。五岁的时候，我曾更加坚强。

我最后一次拥抱了这位神圣的妇人。她发出了一声呻吟，让我觉得自己像是魔鬼。我打开门，又转过身，我看着她，她也看着我。我关上了身后的门。

电梯间里，另一个世界开始了。我摇晃着，知道梦人看上去完全理解了我身上发生了什么。

"您怎么看她?"我问道。

"她是一个年事已高的人。"我的翻译哀伤地说。

"我应该怎么做?"

"您已经尽力。她很高兴与您重逢。"

在车上,我发现我不是唯一一个哭泣的人。女导演抽泣着,男导演眼含热泪。我们每个人都有一位年长的母亲,她并不一定是生身之母,我们却会因为诸多难忘的理由而敬重她。

车内一片沉寂。十分钟之后,我说道:

"这一次,我终于哭了出来。应该这样。"

"西尾太太需要您的眼泪。"女导演说。

上帝保佑她!她的话拯救了我。突然,我的胸中不再压抑,我终于可以自由呼吸了。

一种死里逃生的喜悦涌遍了我的周身。我感觉到了这种喜悦。有时候我们需要的东西,也是最为残酷的神意。我思量着这个奇迹。我和西尾太太重逢,我和她说了想说的话,我任由我们之间涌动着一种可怕的爱,而我们最终都幸存下来。

从车窗望去,神户在我眼里忽然变成了一座神奇的城市。梦人问我还好吗,我说还好。从那时候起,他开始和我讲日语。当然,他已经注意到,在与西尾太太交谈时,我一句话里会有三个错误。但是他似乎觉得我几乎就是这个女人的孩子。

在宾馆里,我喝着啤酒,凝视着神户这座城市。

我最后一次见到西尾太太,是1989年12月31日。我二十二岁,她五十六岁。我还记得她不停地笑着。我们一起去寺庙里敲钟庆祝新年。我们午夜时分才分开,没有眼泪。那是我在五岁的痛苦分离之后,第一次见到西尾太太。我们感情非常亲密,然而我并没有像今天下午这样的心碎感觉。

五十六岁的西尾太太,在我看来依然年轻且快乐。我们在京都散步,她给我的感觉像是在自己家里一样。从那时起,就只有灾难了。阪神地震毁掉了她的房子,她的女儿们抛弃了她。我憎恨命运的残酷。

我想建议西尾太太和我一起到欧洲生活。她一定会觉得我很蠢。1989年,我建议她到东京旅行。电话里她重复着"东京?"好像她说的是"天王星"。她从未到过比京都更远的地方,京都对于她来说,就像是世界的尽头。西尾太太从未离开过关西,也不想离开关西。她所听过的有关世上其他地方的故事让她做出了这样的决定。

"那么你呢,你在这里定居?"我曾这样想。1989年,这就是我曾努力去做的事。我并不后悔这样的经历,但我却明白了我的生活仍在别处。

我的生活里充满了这样的故事。我已经数不清自己必须承受的离别。但是与西尾太太的离别永远都是最为悲痛的,因为那是初次的离别,也因为她曾是我的母亲。

人们可能会据此推断我的生身之母并不是一位好母亲。事实并非如此。我唤作"妈妈"的那位母亲是一位绝好的母亲,我知道自己作为她的女儿所拥有的特权。但是人心是多面的,就像人会多次恋爱一样,我们会把不止一位的女性看做理想的母亲。这是更多的感情的保障,也注定带来更多分离、更多哀痛。

　　睡去的时候,我想着,与这第一日相比,余下的日本之行,将是一个令人愉快的玩笑。

不应该在纪录片的拍摄过程中寻找逻辑性。第二天,3月30日,我们回到了夙川,去探访我的幼儿园,我在1970至1971年间就读于那里。

一个月之前,制作团队向我问起幼儿园的名字。

"名字叫做'幼稚园'。"我回答道。

这就像是说幼儿园叫做"幼儿园"。为了方便他们寻找,我告诉他们幼儿园位于我们的房子五百米左右的地方。

路上,女导演对我说幼儿园的名字叫做"玛利亚幼稚园"。圣母玛利亚的幼儿园。我大吃一惊。

"我曾在一个天主教幼儿园自己却未曾知晓?"

"我们找到了女教师们的照片,她们穿着修女服,您没有注意过吗?"

"我的记忆里,她们穿着护士服,我从未见过修女。"

"您的父母要求您一定要接受天主教教育?"

"这让我感到吃惊。仅仅因为这是这个街区唯一一个幼儿园,我的父母想让我去日本人的幼儿园。"

接下来的路上我搜寻记忆,想找出与幼稚园相关的天主教的记忆。毫无结果。然而,那时候我知道这一宗教的存在,但是我并不认识天主教的各种代表形象。

在幼儿园里,第一个映入眼帘的就是圣母像。我对此完全没有记忆。我由此推断,在七十年代,我完全不知这位夫人的身份。其他的东西,我全部都记得,完全没有变化。

儿时的幼儿园对我来说是一件可怕的事情。我不明白为什么我必须离开花园,离开西尾太太,加入到一群小孩子里,和他们一起沉湎于令人反感的活动中,比如合唱或是玩难以理解的游戏。而且,我是幼儿园里唯一一个非日籍小孩,其他的孩子们都热衷于让我以痛苦的方式感觉到这一点。

不过这个并不在今天的日程之内。制作团队已经通知了园方,会有一位比利时作家前来拜访,并且这位作家曾是这里的学生。衣着整齐的女性代表们热情欢迎了我。如今她们不再是修女了。我用我的厨房日语解释道,1970年,我在"蒲公英班"。她们高兴地叫了出来。我已经不知道再说什么,于是问起"蒲公英班"是否依然存在。

"这种陈旧的术语很久以前已经被弃之不用了。"她们中的一人回答道。

当然。这样的叫法像是可以追溯到石器时代了。

"您想参观一下学校么?"

"非常乐意,"我听见自己说。

因为现在正值春假,幼儿园几乎是空无一人。我们路过空空的教室,我毫不费力地认出了我当时在的那一间。

"阪神地震似乎完全没有毁坏这里。"我说。

"事实上,"幼儿园老师说,"这简直就是奇迹,因为整个街区都被毁掉了。"

"我知道。离这里五百米的地方,我童年时代的房子被毁掉了。"

我们坐在了孩子们的椅子上。我发现了缝纫书,我大声惊呼我也曾有一本一模一样的。幼儿园老师礼貌地建议我看看四十年间我有了什么样的进步。让人见笑也没什么可怕的,我开始用粗红线绣一颗草莓。摄像机分毫不落地录制了下来。我心里有这样一个声音:"你写出了自己最好的小说,它就像你希望的那样,充满了意义,如今这就是奖赏。"我很认真,一针也没有缺。保育员向我祝贺。我用微笑掩饰了致命的羞愧。

有一个女人带着一本相簿走过来,相簿里装满了新石器时代班级的照片。我们翻看着1970至1971年的那些部分。我感觉就像是在一座禅意庭园里寻找一块石子那样,突然,我在一群乖巧的孩子中间发现了一个堵着气的小女孩。我喊道:

"私です!"

"是我!"我一生中从未用这样强烈的感情说出这

两个字。法语中的"认出"这个词与它的另一层含义"感激"重合到了一起。我看到的这张照片拯救了我。我从未想过自己如此需要这个证据。随着时间的流逝,一种不真实的感觉攫住了我,以至于我相信自己杜撰出了自己在日本的过去。我童年时代的房子的消失,以及同时发生的许多变化,再次印证了这一令人不安的假设。当然,西尾太太认出了我,但是我严重地怀疑这是我的一厢情愿,以至于它并不足以让我感到宽慰。我的某一部分一直在思考,如何才能去相信这位老妇人,她连 2011 年 3 月 11 日都未曾注意到。她如何能够确信这个比利时的作家就是她曾照顾过的孩子?然而在这张幼儿园的照片上,真相显现出来了。

很快,幼儿园老师们来鉴定这一现象。我的变化很少,几乎有些可笑。摄像师用特写镜头记录了这张照片。相簿成为了注册信息与档案。对于在场的人来说,这是一个有趣或是感人的场景。对我来说,这是一个证据。我没有做梦,在这个孩子和我所成为的这个成年人之间,有些什么在延续着。

我极为热情地感谢了保育员们,这种热情使她们吃惊。她们把我绣出的草莓送给了我,还有一位跑去将班级照片复印了一份。我郑重其事地接受了这些无价的珍迹。

制作团队坚持要拍摄我在操场上的场景。我坐在轮胎上面,回答着一些问题。幼儿园老师们手里挥着两页纸走到我们这里来。她们在日文谷歌上找到了有关我的介绍,并请我将这两页纸签名送给幼稚园。我掩饰住自己想笑的心情签上了名。

我向她们承认,那时候我曾逃跑过。我到幼儿园的厕所里,打开窗子,跳出去,逃到街上。她们并没有生气,并且带我看了新的厕所,里面没有窗子。我什么也没有说,我感激命运让我没有在今天读上三年的幼儿园。

她们把我带到了另外一个操场,在那里我发现了那个巨大的滑梯,那曾是我儿时最爱的地方。又见这个滑梯,我感到了一种难以抑制的喜悦。不需要任何解释。我抚摸着自己过去的史诗中的忠实伙伴。

在回神户的车上,我缄口不言。福楼拜说得好:

"做总结是一件蠢事。"对于我所经历的一切来说,没有"完结"这个词。制作团队拍摄了我在神户的缆车上的样子。带着一种天真的福乐,我说了一些话,现在已经忘记。

去往京都的电车非常拥挤。难道神户所有的人都想去这座世界上最美的城市过周末吗?我只能支持他们的想法。回到宾馆房间的时候,我睡倒在床上,想着自己已经在京都。我梦见自己爬上巨大的滑梯逃出了幼稚园。

所有抵达这座世界上最美的城市的人,都想要喊出一些庄重的蠢话。这种企图,在写到这座城市的时候,变得尤为强烈。但是对这座最美的城市一言不发也是荒谬的。总之,我现在即在两个愚蠢的选择之间徘徊。

我们的女导演是一个年轻的法国女人,这是她的第一次日本之行。在从车站到宾馆的路上,她对我说:

"我没想到京都是一座现代化的城市,我原以为一切都是古老的。"

其他的欧洲人只知道像阿西西(在此仅举一例)

这样的古城,是世界上的特例,时间在那里几乎停止。奇迹是这样的。在孟买,在西安,在京都,时间都没有停止。

史奇雷克斯,这位二十四岁的美国天才,在他2012年的专辑《喧哗》(*Bangarang*)里推出了一首名为《京都》的歌曲。很显然,史奇雷克斯知道这是一座属于今天的城市,他的音乐里有一种前所未有的粗暴。如果认真去听,会听出寺庙的辉煌。但这种辉煌,就像是另一个时代的气泡,嵌入了狂妄的城市景象凝成的琥珀中。

当然,东京比京都要现代十万八千倍,但这是缘于它作为首都的使命,并且它也很好地履行着这一使命。京都给人一种精神分裂症的感觉。时代的并置创造出了潜在的巨大差异,这两种时代之间的人和交流似乎都是不可能的。可以想象这样一座城市,像蒲甘一样神秘而崇高,像波尔多一样富有而充满资本主义情调,像西雅图一样技术先进而喧哗吵闹。这样一个混合体是可以想象出来的,这就是一个最好的京都给人的想象。

我第一次去京都,是四岁那年。我的父母带着他们的三个孩子去看金阁寺。作为美的启蒙,这是一个非常好的选择。或许正因如此,我在美学方面总是将自己的标准定得过高。

人们不知道京都有多么潮湿。因为潮湿,京都的夏天和冬天一样难熬。1989年,我和西尾太太一起在京都庆祝新年的时候,便已经领略了湿冷的折磨。对于游客来说,我推荐春秋两季。

现在是3月31日和4月1日。日本的早樱初开。这是一个能够与各种雄伟壮丽的美景相遇的奇妙时节。导演满心欢喜。我成为了他拍摄这些天堂美景的借口。我徒劳地提醒他我在镜头里并不是可有可无的人物。

梦人,来自东京的年轻翻译,在京都感到快乐而又拘束,寺庙的威严让他充满骄傲,而当地人的轻蔑语调又让他沮丧。"他们跟我说话的时候,我觉得我应该向他们道歉。"他坦承道。我的一些罗马朋友,到了佛罗伦萨也有过类似的感觉。

晚上,我们乘车去东京的时候,每个人都感触良多。我们不是"司汤达式症候群",而是可以称为"三岛由纪夫式症候群",如果在京都多待一天,我们或许会烧毁金阁寺。

在火车上,我们模仿其他乘客的做法,买了便当和小瓶麒麟啤酒,大吃大喝。

电视五台在一家真正的东京风格的宾馆里为我们订了房间,他们做得很好。我们每个人都有一间极小的房间,以至于需要在打开行李箱和打开洗手间的门之间进行选择。我选择了不去选择,直接睡觉。

我想着自己已身在东京而醒来。这是充满了我青春时代疯狂冒险的城市。因为乐天派的性格,过了一段时间之后我才想起了在东京我也经历过了公司里的战战兢兢。那又如何。我很高兴曾在那里。

除了夏天之外,东京有着全世界最好的气候。阳光灿烂,晴朗干燥。打开窗帘,我认出了这里的天空。像往常一样,天气晴好。在街上,我看到了一个典型的拉皮条的人,通过他鲜绿颜色的皮大衣、黑衬衫和白领带就可以确定。这一事物永恒的信号,给我平添了好情绪。

东京,首先是一种节奏,是一种被精确控制的爆炸。久别重回的时候,人们应该以失重状态隔离几秒,然后才能重回这种节奏中。当双脚感觉到震颤的时候,我们就真正地到了东京。

我在东京。制作团队把我带到商业区。我惊讶万分。二十年前,新宿在我看来是商业的先锋区。如今,它简直可以称为星际商业基地。我曾经以为金融危机会阻碍它的发展,事实正相反。

这里我们只能够遇到白领。更确切地说,我们几乎不会遇到太多的人,因为人们在工作。这样的场所似乎是为了拍摄产品推销宣传片而设计的。这也有点像导演和我一起在做的事。我们来到了一座摩天大楼的楼顶,我正融入风景的样子被拍摄了下来。

从高处看东京,广阔的城市全景不复存在。四周的山上浓云密布,使我们觉得这座城市似乎没有源头也没有边界。在市中心,皇宫建筑群广阔而突出,被庭园和护城河所围绕,形成了这城市光秃秃的躯体上秀发浓密的头部。其余的部分是这城市的皮肤,一直延伸向无尽的远方。平地上密布着许多建筑,其大小随着区域功能的不同而多有变化。

回到地面,我们去了原宿,那里是前卫青年们的街区。"前卫"的悖论,是恒定的一面——我认出了这些地方和这些人。街上拥挤的年轻人,在我住在东京的时候还没有出生,但他们是同样的一些人,衣着的细节非常相似。在这里,打扮成过时的艺妓的样子算不得什么,甚至是有些反主流的。每个人的穿戴都是自己的作品。我非常喜欢其公开展示的精神,我们有权利去欣赏这些个体,而他们也乐于展示自我。

二十年前我曾关注过的那些前卫人士,自那以后都已经回归到普通大众之中。当他们达到二十五岁,这个决定命运的年纪,他们就会将自己的奇装异服换成与他们规矩的发型相匹配的制服或是西装。泡沫经济已经结束,他们依然找到了雇佣的公司,并且不再成为人们的谈资。

梦人二十二岁,我把他当做一个具有代表性的特例,问起他这一代东京人是否会走前一代人的老路。

"其他人我不清楚,但是我和我的朋友们不会。"他回答道。

这些话让我觉得安慰。

我看着来来往往的人群时,并不感到无聊,当这些人是日本人的时候,我会觉得更加真实。在原宿,每个人都是一场演出。与东京人相比,世界上其他地方的行为怪人都是小玩家。

夜幕降临的时候,我们去了歌舞伎町旁边的一家氧气吧。那里更像是一系列的保温箱。人们让我们签订了二十多条免责条款,根据这些条款,我们需接受在体验过程中的意外死亡。我们每个人进入了一个隔离舱,在一个小时里接受过剩氧气的袭击。

穿着护士服的一位女服务生过来关闭了我们的隔离舱,并告知我们会体验到最有趣的幻觉。她提醒我们如果出现恐慌,可以按红色的按钮。

六十分钟结束的时候,没有任何红色的按钮被按响。我们互相交换了自己的体验。我和梦人几乎立刻沉沉入睡,女导演感受到了一种幽闭恐惧症,她通过冥想来进行抵抗。男导演一个小时里一直在思考把防水胶带放在了哪儿。

4月3日,我们乘火车前往福岛。这次行程中所有的城市里,这是我唯一不了解的地方。两个小时的旅程之后,我们到达了一个普通的小城,四周山峦环绕。我们徒劳地寻找着损毁的痕迹,花了很长时间乘着一辆当地的小卡车去海边。

我们穿越了一个无人的地区。司机悲伤地告诉我们,2011年3月11日之前,这里是有人居住的。我们只能感叹清理工作的到位,这里没有留下任何残骸碎片。当我们看到当地曾经的港口时,我们由衷地赞叹这种抹擦的艺术,甚至连灾难的痕迹也悉数抹去。

港口设施全部化为乌有,就好像被炸毁了一样。

需要持续地努力回忆,才能想起这样的毁灭是大自然的杰作。在这样丑恶的劫掠中,人们会以为能在其中找出人类行为的印迹。

我们继续上路,到达了一个尚未被清理的地区。"世界末日"意味着启示。它为我们揭示了灾难。

断壁残垣矗立在虚空之中。死亡将它们定格,就像庞贝城的死者一样。被毁掉一半的房间向我们敞开着内里的一切。在门前的残迹里,摆好的鞋子诉说着故事,海啸发生时,人们还在家里。

最悲伤的是细小的东西:余下的丰盛饭菜——死者尚未有胃口将它吃完。孩子们的玩具,晾衣夹,拖鞋。

在倒塌的起居室的墙上,田园牧歌般的风景画说明了这家人并不富有,但却喜欢他们居室内部的小小温馨。被掀去屋顶的理发店表明了人们很在乎仪表。

悲剧过后的第一年零二十三天。天气阴沉寒冷,北风刺骨。这是气候的连带性。几所房屋抵住了灾难。看到这些,我们会想到海浪只是简单地在其旁边经过,没有任何解释。我试着想象这些幸存者会如何感受,但是我想不出来。

我和女导演突然肚子痛。不可能在这里解决问题。我们一直开到一家小工厂,看上去像一家干净的小合作企业。我们借用了洗手间。从里面出来的时候,我们看着仿佛若无其事地工作着的人们。然而,他们的表情是痛苦的。这既让人赞叹,又让人心酸。毫无疑问,这家工厂2011年3月11日之前已经存在,在这里工作的员工们全部都与这次灾难有着直接的联系,每个人都失去了至少一位家人。不远处,我们发现了一队正在负责清理工作的工人。他们在清理一个依然杂乱无章的地区。每个人都开着一架起重机,看上去像是他们身体的延伸,甚至是他们手臂的延伸。他们带着绝无仅有的细心与耐心,每个人都将碎片分类摆放在纺织品类、木制品类或是金属制品类的一堆里。这样花费很长时间。不属于任何类别的碎片被集中到一处,留在原地。

一大群鹭盘旋在这亚里士多德式的分类碎片上空。对我来说,看见鹭曾经总是一件大事。我没有去考虑为什么五十多只罕见的鸟儿会近距离地出现在废墟上空。它们没有到任何一堆上面去啄食。人们断定它们在那里是出于好奇，或是在监视这些起重机。

小卡车司机提醒我们说，如果我们想在当晚回到东京，应该是去车站的时间了。因为寒冷和惊惧而变得麻木的我们，遵从了司机的意见，躲避到了车里。我们沿着海边著名的核电站驶过，一言未发。我们任何人都没有戴上可笑的防辐射小面具。我们在这里仅仅是几个小时，而在这里生活的人们，没有任何人戴着面具。此外，谁能相信戴在嘴巴和鼻子上的这小块纸片，可以抵住这样一种威胁？

我们离开了这片几乎因为恐怖而变美的风景，按时乘上了开往东京的列车。在车厢里，我们想坐在一起来放松心情，但是匆忙中买到的车票没能允许我们这样。只需要和我们前面的人换一下座位。每一次梦人请她换座位，她都平静地说不可以。"要对号入座，"她回答道。我们差点笑出来。

梦人把他的电话借给了我。我到列车的卫生间里给伦理打电话。

"阿梅丽，你在哪儿？"他用愉快的语调问道。

"我从福岛回来,在新干线上。"

"福岛。你不觉得那些人已经足够痛苦?你确定自己必须去那里?"他用一种冷冷的语调取笑我。

"你很明白我不懂同情。"

"你那里天气如何?"

"平常天气。"

"为自己庆幸吧。在东京,我们刚刚经历了两个小时的台风。"

"你没忘记我们明天下午要见面?"

"一点没忘。"

我把宾馆的地址告诉了他。

"注意台风。我等不及要见到你,"他挂断之前说。

我觉得自己已经习惯了台风。但是在东京等待着我们的那场台风却让我震撼——即便我们已经错过了它的顶点。

在街上,极少的行人迎风走着。最令人印象深刻的,是雨伞的公墓。被飓风撕扯的透明塑料雨伞,在十字路口堆积在一起,形成了临时的安置点。

4月4日,日本的出版社安排了一次采访。记者和东京最著名的法日翻译科琳娜·康坦在法兰西学院等我。我不记得这位记者是为哪家报社工作,但是她热情洋溢。她非常喜欢2011年11月在日本出版的《管子的玄思》,并且愉快地向我提问。我常常无需科琳娜·康坦便理解了问题,并能用我的厨房日语作出回答。我几乎总是在说西尾太太,这部小说的重要人物之一。我应付不来的时候,科琳娜会来帮我的忙。我侧耳听着,一边学着,总有惊奇。为了翻译我是多么怀念自己在关西的童年岁月,我听见译员用了"怀念的"一词,而非"怀かしい"这个形容词。我一直

以为"懐かしい"是日语的一个代表性词语。

采访结束后,我们乘出租车前往出版商预订的餐厅,在车上,我试图和科琳娜问清楚这件事。

"'懐かしい'代表了幸福的怀念,"她答道,"美好的回忆出现在记忆中,将记忆里填满了温柔。您的表情与您的声音表达出了您的悲伤,因此这是一种悲伤的怀念,并不是日语中的概念。"

被问起普鲁斯特的玛德莱纳小点心是引起"怀念"还是"懐かしい"的感情,她倾向于第二种观点。似乎普鲁斯特是一位日本作家。

餐厅里,我们有四个人,出版商、科琳娜、书的译者和我。我发现译者是一个非同寻常的女人。这位JAL航空公司(日出之国的官方航空公司)的空乘人员,事先不具备任何翻译文学作品的素质。

"二十八岁左右,我已经无法忍受JAL的工作,我机缘巧合地在奥地利航空公司找到了一个职位,成为这家公司的一名空乘。我必须在维也纳定居。我高中时代学习的德语基础知识帮了我的忙。2001年,在一份奥地利报纸上,我读到了一篇有关一位比利时女小说家的介绍,我为她着迷。我找到了您作品的德文版,我被深深地吸引了。《管子的玄思》是我的最爱。然而我发现自《战战兢兢》以后,日本的出版社便不再敢于出版您的作品。(她转向出版商)我于是就与您取得了联系。通过网络长时间的交谈之后,我终于说服您出版《管子的玄思》。您提出了一个最与众不同的条件:必须要由我将它翻成日语。'但是我一个法语词也不懂。'我对您说。'没关系,'您回答道,'只有您有足够的激情去完成这个任务。如果需要的话,您可以花上十年的时间。'我记下了您的话。五年之后,我有了足够的法语知识,将《管子的玄思》以文学的语言翻译出来,接下来的五年时间并不显得太多。"

我惊异地看着这个令人难以置信的女人。根据评论和我自己所能读懂的部分来看,日语版的翻译极为精美。

看着我惊讶的表情,这位前空乘笑了出来。她从手袋里拿出了一本法文版递给了我。

"看,这是我的工作样书。"

我打开了书,感觉像是看到了马蒂尔德女王挂毯一样,这让我想起了我在幼稚园绣出的红色草莓。用铅笔写出的旁注几乎占满了所有的空白处。每一个词都被圈上,并与同页内其他的词联系到了一起,我却无法在这些词和由它们构成的星座之间建立起语义的或逻辑的联系。我还读懂了五十几个日语字(几乎等于没懂),那是她在页边空白处写下的,标记我所忽略的一层意义。这看上去美好而神秘。

"您是谁?"我将她视若神明。

"一个三十八岁的女人。"她一边吃着一块海胆一边回答道。

她的肚子有些突起,我试着不去在意。

"是的,我怀孕六个月了。预产期在7月。"

我们祝贺了她。出版商开始说话:

"《管子的玄思》在日本取得了成功。有一个明显的标志。在本国四岛的任何一个小村落,没有一家图书馆不曾购买一本样书。换句话说,无论是青森还是别府,任何一个地方的市民决定读这一本书,都可以保证在一天之内便可以读到它。"

我们喝了清酒来庆祝这个消息。

"多亏了您!"我对译者说。

"他也多亏了您!"她抬起肚子补充道。

"您怎么会这么以为?"我惊呆了一秒后说。

她笑了起来。科琳娜·康坦、出版商和我都茫然失措。她带着明显的愉悦任我们这样不安下去。当她不再以此为乐的时候,她拿起了满是铅笔痕迹的样书,打开一页递给了我。

那是书的中间部分。我讲到自己三岁时,在鸟取的海里游泳。每一个词都被圈住,标注,这些注释在我看来与其他页码上的注释并无不同。我抬起头用不解的眼神看着译者。

"仔细看看,"她说,"这是书中唯一一处被我画上图画的地方。"

在这么多细密的日语文字中辨别出一幅图画,这简直可以是法国埃及象形文字研究家商博良的工作。我屏息探索着。最终,我发现了一个被圆盘环绕的球体。我把这个神秘的符号指给她看。

"那么,您不再读法文了么?"她微笑着问我。

我回到小说文字里,读到了三岁的时候,我觉得自己带着救生圈,就像是土星一样优雅,救生圈可以替代土星的光环。我读懂了这幅画的意义。

"土星,"我说。

"确实如此。"

"我不明白有什么关联。"

"我的宝宝是个男孩儿。多亏了您,我想到给他取什么乳名:我要叫他'土星之环'。"

"您的儿子叫做土星之环?!"我傻傻地问。

"不是很奇妙么?"

"毫无疑问。"

我的回答虽然带着感动与兴奋,却难掩某种不安。我非常在意小说中人物的名字,也同样在意现实中人物的名字,但是我不确定是否应该建立起书中的人名与现实生活之间的联系。2004年的某一天,我略为不安地读到了一对年轻父母的来信:"我们的小女儿刚刚出世,我们特别喜欢您的世界,于是我们为她取名'莉莉-普莱科特吕德'。"我希望他们适可而止。被取名为"普雷泰克斯塔"或"埃皮法纳"的典型一定会为此受伤,我不想有这种负罪感。

然而,日本人的取名方式是不同的,人们可以创造出无数的名字,而且人们总是忍不住去取新名字,当然,是带着令人赞赏的诗意与创造力去取名。"土星之环"或许是一个极好的主意,我却思考着这个名字会如何指引即将出生的孩子的命运。或许他会成为一位呼啦圈舞者。我一直都更喜欢在读者的生活中起到一种更为隐秘的作用。

这时候,我的情感夹杂着一个巧合的冲击。我的法国出版商刚刚同意按照习惯的时间出版我的新小说,名为《蓝胡子》,这部小说的女主人公叫做"萨图利娜"①。我在思考为什么我最近会如此这般追寻着土星,并且总是看到它的特性。我皱起了眉头。

"您不喜欢么?"译者继续问道,"您想让我换一个名字么?您是否觉得这是对您作品的夸张侵犯?"

"不,不。您看,我有些吃惊。一点小事也会让我慌乱。"

---

① "萨图利娜",法文写作"Saturine",与"土星"(Saturne)形似。

日本出版商似乎认为我们的谈话过于私人,于是转换了话题:

"我很荣幸六年前出版了您的作品《战战兢兢》。然而,在这部书里,有关日本企业,您或许应该避免说起我们那么极端的现象。"

因为他是主人,我正开口准备请罪,说一些谎话,重建和谐的氛围(这样的一些话:"您说的有道理,我在写作《战战兢兢》的时候牙痛难忍,或是我得了荨麻疹。"),这时孕妇态度强硬地打断了我的话,对出版商说:

"您在开玩笑么?在《战战兢兢》里没有任何极端情况,正相反,作者很有礼貌地把事实变平淡了!正在与您说话的我,曾在日本航空公司工作了五年,我向您保证,日本企业无论在地上还是在天上,都是地狱。比阿梅丽女士在书中讲述的糟糕一千倍。如果我有勇气写出有关 JAL 的书,您都不会相信您的眼睛!"

我想上去拥抱她。我很高兴那时候我正在轻咬着一小块姜片,并且极力隐藏着在我头上环绕的荣光。

孕妇在作者面前让他的出版商丢脸了,情况很严重。意识到这个问题后,善良的科琳娜迅速地试图转换话题:

"我姓康坦。作为我姓氏的日语对应词,我选择了'简单',意思是'简单'。我喜欢人们叫我'简单女士'。"

"很好听!"我说。

然而这并不足以缓和气氛。出版商找了一个借口离开了:

"对不起,我要失陪了,但是我确实有很多工作。"

我感谢他抽出宝贵时间陪我。他要去结账,鉴于这家餐厅的级别,一定价格不菲。他把我们留在了他为此专门预订的包间里。穿着和服的女招待给我们端来了甜点,樱花果汁冰糕。译者似乎很乐于用她刚刚公开羞辱过的男人的钱享用这一餐。即便我和科琳娜在心底认为她是对的,我们依然觉得不安。

"我可以请您喝茶么?"孕妇问我。

"我很荣幸。但是不太可能。我半个小时后和我二十年前的日本未婚夫有个约会。"

"伦理先生?"译者惊呼道。显然,关于我的话题都难不倒她。

"确实是他。"

她发出了一小声尖叫,然后说:

"您确信这是一个好主意么?他会非常生您的气!"

"我在电话里没有感觉到这样。"

"他深藏不露。不要忘记他是个日本男人。"

这个对话开始让我觉得不自在。我起身说,如果再不走的话,我就会迟到了。

"您说得对,"译者评论道,"您二十年前伤害过他,不要在此之上再用迟到来激怒他。"

她成功地让我感到恐慌。我向两个女人道别,跑到街上,跳上一辆出租车。

"我需要在 15 点到达这个地方,"我用一种急迫的语调对司机说。

时间是 14 点 30 分。带着白色手套的司机依然非常冷静,像往常一样不紧不慢地开着车。对我来说,这是头脑里一场暴风雨的开端。东京为什么这么大,道路这么复杂?尤其是,为什么要与伦理约会?译者的反应原本就该是我的反应。如果我那时候有一点点明智,我永远不会冒这样的险。

我最后一次见到伦理是十六年前,1996年12月,在东京的一次签售会上。那天晚上一个难以描绘的奇迹发生了。这个男孩对我惊人地温柔,我们以最美的方式分开了。最谨慎的选择,是否应该停留在那一刻?

14点35分。我觉得从刚才到现在似乎只前行了50米,也像是一个世纪。这次约会注定是困难重重的,如译者所说,迟到也无济于事。我总是被迟到的问题所困扰。所以我一生中从未迟到过便尤为显得奇怪。我的问题并不是迟到,而是迟到的可能性。我觉得自己会迟到半个小时的时候,就会感觉非常糟糕,宁肯死去。我觉得自己的迟到是不可饶恕的罪过,这种确信不知来自何处。别人任由自己迟到的时候,我会觉得恼怒,然而我觉得他们没必要被送上军事法庭。只有我的迟到是死罪难逃。

因此我总是倾向于令人不安地提前到达。在日本，这完全不会令人不安。人们总是习惯提前一刻钟到达。在欧洲，尤其是在巴黎，无限度地迟到是优雅的保证，提前到达会让人烦恼。

我为自己的病症找到的唯一解释是，我属于鸟类：鸟类在迁徙或产卵时从不会迟到，相反它们偶尔会提前。当我向那些惊异于我已经早到的主人们提出这样一个假想的时候，他们会苦笑出来。

14点40分。我不仅仅是担心迟到。我的不安远非来自于此。事实是我做的一切都是错误的。甚至连出生也是如此——我是逆生的。我的父母期待是个男孩儿，取名叫做让-巴蒂斯特。那时候还没有应用超声波技术，出生时臀部先露是我在毫无耽搁地提醒他们弄错了。接下来的一切也是一样。我总是努力地控制自己，这显得尤为可怕。我不是随便的人，也不是自轻自贱的人。

比如说伦理，这个极好的男孩子。毫无疑问，在我所有的伴侣中，与他在一起我最能感觉到平衡。显而易见，我会感到厌倦。当然，我并不爱他。但是为什么我没有爱上他?他帅气,迷人,温柔,聪明,出色,幽默。

我们到哪儿了?如果不是出租车司机表情严肃至极,我会怀疑他在愚弄我。我从未懂过东京。是否因为东京太大了?我的精神与身体都畏惧它的规模。应该说明,在这方面我也一样有缺陷,我也没能懂得布鲁塞尔。东京让我想到多言癖。我没法听清话语的结构,我不能分析出一句话或是一个标点,我只能任由自己经受这不可避免的荒诞的洪流的侵袭。我可以认出其中的某个街区,就像我可以在言语中辨认出某个词语,但是我不知道为什么它会在那里。我想问:"你在说什么?"但是东京不让我插任何话。于是,我决心任自己迷失。

14点45分。我愿意成为自己以外的任何人。比如这位东京出租车司机。在出租车里戴着白手套,并如此镇静,应该是非常令人安心的事情。在出租车后面的位置上,他载着一位双目圆睁的西方乘客,看上去像一只患了高血压的家禽,但这丝毫不会影响到他。

埃利亚的芝诺说得对,运动是不可能的。阿基里斯跑不过乌龟,飞矢不动,不,这不是诡辩。即便是非高峰期,东京的交通也阻碍着车辆的运行。有一种交通运行的幻象,极小的幻象。无论是否迟到,我永远不会到达约会地点,因为移动是一个不可信的假设。

更严重的是,我自己也不是一个可信的假设。我有太多的证据可以证明我的不存在。这些证据都不可抗拒,因此我不会将它们展示出来,所有的人都将信以为真。事实上,出租车里只有司机一人。

在欧洲,我几乎从不一个人乘出租车。不存在的人从不会为自己叫出租车。拥挤的地铁将我消解在人群里,这很适合我。这时,我僭越了规则,并且会为此付出代价。"那么这样你就存在了么?走着瞧!"

14点50分。试着想一下一个正常人在我的情况下会想些什么。我会认出伦理么?上一次见到他,他有些虚胖。然而当我想起他的时候,我总是想到他1989年的样子,清瘦俊朗。他会有变化吗?我呢?我变了吗?毫无疑问。我并不非常担心,原因很简单:在这方面,我从没有什么可失去的东西。用巴尔扎克极为刻薄的话来说,在二十岁的时候,我是"一个中等姿色的年轻女孩"。后来也几乎毫无改变。伦理在1989年不停地宣称我很美(更确切地说是我很帅,因为那时候他的法语还只是基础水平),那是因为爱情使他盲目。

14点55分。我想呕吐。如果我还能说出话来,我会对司机说还是去机场吧。我有护照和一张Visa卡,没什么能阻止我离开。我没有状态去见任何人,更不必说是第一个唤起我信任的男孩子。我是多么害怕迟到啊!我最终非常希望出租车会带我到船上。只要是一次绑架即可。司机为暴力团工作,暴力团向出版商要赎金。而出版商不会给他们赎金,他因为找到了一个如此浪漫的方式摆脱我而感到喜出望外。

14点56分。14点57分。14点58分。我认出了酒店的周边。14点59分。我付了钱下了车。15点,我进入了大厅。伦理在等我。

他丝毫未变。他还是1989年的样子,清瘦,俊朗,时尚,颈后的头发剃得很干净。1996年那个虚胖的男孩从未存在过。

我拥抱他。他极为温柔。些微有几丝白发。他四十三岁。这没有任何意义。

"我带你过去,"他说。

"用你的白色奔驰车?"

"不,我现在乘出租车。"

在路上,他跟我解释我们将要去参观他的珠宝学校。

"你很清瘦,"我说。

"是的。你1996年见我的时候,我过得并不好。"

我知道他在说什么。

水野学校有六层。因为是假期,伦理让我参观了全部。空无一人的工作室让我印象深刻。

"十年前,我们改变了方向。我决定除了珠宝之外,我们还要做鞋子和自行车。"他说。

"珠宝,鞋子,自行车。它们之间有什么共同之处?"

"美感,"他回答道,仿佛这是一个显而易见的事实。

为了使他的话变得形象,他给我展示了制作成品:史前的珠宝、19世纪的鞋子、未来的自行车。美妙至极。

伦理的办公室是一间几乎空荡荡的大房间,没有窗子。在壁龛里,有一个极为简单的花瓶,我不敢想象它的价值。

"我喜欢我的职业。"伦理骄傲地说,"现在,如果你愿意,我准备了一次东京的步行朝圣。追寻我们共同的过去的回忆。"

我们一起出发了。在这样大的一座城市里的一次步行朝圣,在我看来就像是他建议我一直走到耶路撒冷那么疯狂。但是或许吃苦正是我应得的。

穿过了几条错综复杂的小街,我们来到了青山公墓。这座大都市的大公墓。这里长眠着令人尊敬的死者。人们为他们感到宽慰。

1989年的4月,我和伦理在这里度过了一整夜,在青山公墓的樱花树下,睡在一座坟墓上。当然,这是被禁止的事情。我们触犯了戒律,却没有亵渎之意。我们只是发现这些樱花绽放得尤为恣意。

2012年的4月,日本的樱花开始盛放。伦理和我未发一言。我们的脚步把我们带到了我们知道的那座墓前。我们看上去是在追悼一位死者。事实就是这样。

"这太令人难受了,"伦理最终说道。

"是的。"

我们回到了公墓的主路上。我大吃一惊:我们遇到了一个流浪者,1989年我曾在这里无数次地遇见他。我看着他,直到他消失在转角。我喊了出来:

"你认出他了吗?"

"没有。"

"简直难以置信,他完全没有变化。他裹着同样的毯子,没长出一丝皱纹,也没有生出一根白发,他的表情都是一模一样的。在这座公墓里度过的二十多年,本应该在他身上留下些什么。"

"或许这是他的儿子,"伦理极为严肃地说。

我太过惊讶而不能对这件荒谬的事做出任何反

应。我继续走在昔日的年轻人身边。

走出公墓时,时间就被废止了。我们的散步变得没有尽头。伦理指给我一条人行道。

"你还记得么?"

"记得。"

伦理指给我一个地铁站。

"你还记得么?"

真令人震惊。我们的记忆遍布全城。

他把我带到了六本木的一家酒吧。

"这里我不记得了,"我说。

"确实。我们是第一次来这里。我可以和你单独待到几点?"

"你想要几点都可以。你想给我介绍你的妻子吗?"

"不。"

沉默。我最终说:

"你想见见和我在一起的制作团队吗?有女导演、男导演和翻译。他们很明白你拒绝被拍摄。我跟他们讲了很多有关你的事情。"

伦理用手机打电话给梦人,与他约定 20 点在一家餐厅见面。此刻离见面时间还有两个小时。

我们喝着红酒。冗长的对话令我感到厌倦。伦理的每一次反驳都以"你还记得你说过……"开始。

承认我说过的话非常困难。我说过的每一句话都令我陷入迷惑。

"你不记得了么?"

"不,我记得。但是我现在不再这么认为。"

这是我不断回复的话。在听到第五十个"你还记得你说过……"时,我喊道:

"伦理,原谅我,我疯了。"

我低下头。我刚刚大声描绘出的自己的形象让我觉得沮丧。最糟糕的是,我不确定自己改变了形象。

"不!"伦理惊愕地说,"这些都是美好的回忆。"

我抬起头,看见他用尤为纯真的眼神看着我。

"我们那时二十岁,"他愉快地微笑着说,"有你在身旁我曾那么快乐。"

"有你在身旁"——没有任何人会这样说,除了伦

理。他误解了我的微笑,继续说着,想要说服我:

"我们那时候二十岁,你明白么?"

重复,回忆的惯用语,这一切将我变成了契诃夫笔下的人物。我啜泣起来。我的行为一点也不日式。我怎么会曾有那么一刻相信自己属于这个高尚的民族?在酒吧里,人们的目光有意地避开了我。或是我达到了偏执的顶点。

伦理冷静地递给我一包手帕纸。这很有用场。到了这种程度,我再也不怕什么,我最终有勇气问出了1991年起就急于想问的问题:

"我逃跑之后,是什么让你不再打电话给我?"

他喝了一口红酒,沉静地回答道:

"开始,我很难过。我母亲训斥了我:'你太让我生气了。你要像个日本男人的样子!'我反驳她说我完全不知这是什么意思。'我知道你会这样。这就是为什么我为你注册了日本文化课程,在伦敦。你明天出发。'我以为这是一个玩笑,我弄错了。第二天,我出发去了伦敦,确实在那里学了两年日本文化。你应该可以想象得出教授和学生们,所有这些英国人、巴基斯坦人是怎样看我的。我完全不在乎。这种教育让我极为着迷。我母亲是对的。我需要理解自己的民族性。在此期间,我发现了伦敦。它是我在世界上最喜欢的城市。我在那里买下了三套公寓。"

"了不起的伦理!"

"了不起的我。而后,我父亲把我送到巴塞尔学习了两年珠宝鉴定。我发现了宝石。你不知道这多么令人着迷。"

我微笑。我能理解。

"巴塞尔是一座美丽的城市。但是我没有过度迷恋它。我毫不留恋地离开了那里。

在那里,居然是我在教小孩子们学法语!

"最终,我在加利福尼亚的圣地亚哥顺利完成了两年的珠宝业培训。"

"然而你1996年在东京,我们在那里见过。"

"我在东京只是短暂停留。其余的时间我住在加利福尼亚。这让我觉得很开心。那里有些可看的东西。"

"我知道。"

"而后我回到了日本。因为伦敦,我爱上了自己的祖国。我减掉了体重。这再自然不过,因为我开始喜欢上了日本饮食。我的父亲将我任命为学校的副校长,这也是他隐秘的退休方式。他是名义上的校长,但是他几乎不到学校。我为学校带来了自己的特色,比如说鞋子和自行车。我极其热爱自己的职业。"

我为这段叙述而倾倒。

"2003年,我的儿子出生了。"

"你有一个儿子!"

"是的。是我的独子。"

"他叫什么?"

"路易。"

这个名字,又回到了法国的风格,从他嘴里说出来,对我来说像是又一件怪事。

"跟我说说他。"

如果是西方人,会从钱包里拿出一张照片。伦理只是莞尔一笑。

"他很像我,行为上比外貌上更像。我必须提高声音训斥他的时候,我觉得是我自己在被训斥。"

"他讲什么语言?"

"和他妈妈讲法语,和我讲日语。"

"我很想见见他。"

沉默。或许我有些过分了。

"我不停地说,不停地说,你却什么也不说。"

"你读过我的书,你什么都知道了。"

他风趣地笑了,好像是觉得我缺乏信心。他问起我父母和我姐姐的近况。我讲给他听之后,他的脸上兴奋起来。

"1989年夏天,朱丽叶特来东京看你的时候,你曾介绍给我认识。"

"我记得。我姐姐很喜欢你。"

"她还为我做过饭。"

"你确信?"

"难道不是么? 她为我准备了世界上最好吃的法国特色料理。"

伦理抬起下巴,流露出回忆起这些菜肴的喜悦。

"做的是什么? 我不记得了。"

"这道菜的名字很奇怪,我自那以后再也没有吃到过。精致的菜肴！在一个大盘子里,你姐姐摆上了不同肉类的肉糜,中间还夹有洋葱。在上面,她还放上了自己压制的土豆泥,对于她这样柔弱的人来说,这真是难以想象。这些都被撒上干酪丝放入烤箱烘烤。"

他回味无穷地闭上了眼睛。

"帕芒特风味土豆牛肉糜。"

"是的！多么精致的菜啊！"

我笑了。我姐姐是一个意想不到的人物。我给她介绍了我的日本恋人,她为他准备帕芒特风味土豆牛肉糜。我非常为她骄傲。

"纪录片拍摄得怎么样了?"他问道。

我给他讲述了西尾太太的故事。故事的结尾,我说:

"记忆是奇异的冒险。西尾太太记得我小时候最琐碎的事情,却不记得东北大震灾。"

"我觉得只记得最严重的灾难是很正常的事情。"

我大笑了出来。

制作团队在餐厅等待着我们。导演们好奇地打量着伦理,甚至连梦人也忍不住端详了他半秒钟。

伦理自身是非常完美的:

"你们喜欢日本菜么?"

他点了我们完全不知何类的菜。

"你们觉得日本的接待是否可心?"

男导演对人和事物在镜头里的美感赞叹不绝。

"我觉得你们去福岛是非常勇敢的事情。2011年3月11日,我在东京。那是颁发毕业证书的日子。我为此在一座豪华大楼里租下了一个楼层。地震发生时,我正在盛装出席的学生们面前致辞。很快,我们就意识到这并不是让小孩子们觉得有趣的平常的地震。大多数学生都被震倒了。而且地震还在继续,似乎永无止息。我们在二十楼,除了等死之外别无选择。我们太过恐惧而无法呼喊。我唯一想到的是路易:'我的儿子八岁就要死去了'。"

"他在哪儿?"我问道。

伦理因为自己的叙述而精神恍惚,没有注意到我的问题,而是继续说着:

"而后,一切结束了。我惊讶于自己还活着,并且没有人受伤。我命令学生们以最平静的状态撤离这些地方。电梯不再运行,我们必须步行走下二十楼。在街上,大家都各自散去。你可以看到这样的东京:没有地铁,没有电车,什么也没有,总之,所有人都只能步行。我还是住在你所知的地方,我必须在焦虑中走四个小时才能回到那里。我回到家的时候,路易还在那里,毫发无损。我如释重负!"

"死亡人数很多吗?"女导演问道。

"在东京,很少。在仙台和福岛,我想你们已经知道了。"

"确实。"

"我们被誉为是理性的民族。或许我们表面上看上去是这样。然而我同胞们的非理性举动确曾让我惊愕,我至今依然如此感觉。我是最早表示支持灾民的人。但是你们知道么,在东京,我知道许多人以所谓的支持灾民为借口,只吃在福岛长出的蔬菜。"

"简直难以置信。"

"这种现象只能在日本发生,"伦理带着极为恐怖的表情对我们说。

"这真好,"女导演说。

"您这么觉得?"伦理冷嘲热讽地说,"在我看来,这是愚蠢可笑的。"

海藻汤端上来了。

"你们不会因为这海藻不是来自福岛而怨恨我吧?"伦理问道。

"我原谅你。"我说。

"最疯狂的是,"他继续道,"在福岛核电站一公里远的地方,海岸边上,人们刚刚清理出一块一千年前的石碑。上面用古日语写着:'不要在此地建任何重要的东西。此地将被巨大的海啸毁灭。'没有人注意到它。然而,在被灾难推翻之前,这古老的警示是所有人都可以看到并且能够读懂的。"

我们心情沉重地吃着。

"2011年以来,"伦理继续道,"生活变了。很多人离开了日本。即便我永远不会这么做,我也可以理解他们。我们开始烦恼缠身,我们失去了无忧无虑的日子。我们的生存使我们负重。"

我们深深的沉默证明了我们的理解有多么深刻。

我们的汤碗被收走了。伦理摇了摇头,仿佛噩梦初醒。

"说说别的事情吧。"

"您觉得阿梅丽写给您的那本书如何?"女导演问道。

上帝,我真的希望自己身在别处。

他在说话之前点了下头:

"很迷人的杜撰。"

女导演露出了困惑的表情。

我想了想,明白了。在《非亚当非夏娃》中,我按照自己的版本讲述了我们的恋爱关系。伦理的版本怎么会没有不同？这种不同甚至让他认为我的版本即是杜撰。如果圣约翰可以读到圣马可作的福音书，毫无疑问，他也会在其中发现杜撰的成分。而且，他还说这个杜撰是迷人的。我略感宽慰。伦理讲的法语比我们讲的法语更加真实。他生命中只有一半的时间使用了他的法语。当他说"迷人"的时候，并不是我们所使用的那个表示礼貌的形容词，那是从一种魅力中散发出的强烈意味。

可怜的梦人，作为日英翻译，他完全不懂我们交流的内容。我害怕他会觉得无聊，特别是他不停地看向他的膝盖。我朝桌子下面看了一眼，发现他正在看Facebook。

而后我们忙于吃着大量的贝类和各种海鲜。我们自如地去壳、吮吸、刮擦、叹息。梦人似乎忘记了他的社交网络。伦理选择的一款极好的白葡萄酒，简直流到了我们的灵魂里。

他彬彬有礼地问起了女导演的文学爱好。这个年轻女人提起了她对路易丝·拉贝很有兴趣。

一个"你瞧我"类型的人会大声喊道:"啊,《美丽的制绳女工》!"或是背出他记得的唯一一句这位诗人的诗。伦理只是带着敬意表示赞同。

"您也喜欢诗歌吗?"她问道。

"非常喜欢。"他说。

"您最喜欢的诗人是谁?"

他露出了一种难以言说的微笑,回答道:

"欧玛尔·海亚姆。"

"他的诗美极了,你好,年轻的女人。他的四行诗尤为令人赞叹。"

我脸上的骄傲没能持续多久,因为伦理转头问我我最爱的诗人是谁。我原本准备好了开口,可是我突然发现我的大脑短路了。我想在它的存储装置里搜寻"诗人"这个文件夹,却发现这个文件夹是空的。通常来说不会有这种情况。但是这次,或许是因为这次旅行,尤其是4月4日这一天带给我过剩的情感,我缺掉了一个存储箱。

一桌的人都在看着我,包括梦人,他似乎也一定听懂了法语,或许他是想在Facebook上说明我最喜欢哪位诗人。天啊。没有。

确切地说,我能想到的唯一一个名字是维克多·雨果。我却不能说出这个名字,不仅仅是因为我不喜欢作为诗人的雨果,更因为这样一个回答会显得我的精神贫乏。

"说吧,"伦理坚持着。

维克多·雨果——又是他,在被问起"您读什么书?"的时候,大声地回答道:"奶牛并不喝牛奶。"显然我不是维克多·雨果,我需要牛奶。不幸的是,在我的头脑里,神经细胞在罢工。马拉兰波德阿波里魏尔拉维庸拉马维尼,我头脑里有诗人名字的杂烩,我却不能从中分辨出任何一个。

我试着说路易丝·拉贝或是欧玛尔·海亚姆,但是最后一点自尊心阻止了我。我耸了耸肩,被打败了。

伦理,有些难过的样子,他似乎在思考他过去认识的这个文学人物到底怎么了。或许他在想,从那以后我变成了自我满足的作家,只读自己的作品。生活狠狠地嘲弄了我们。

我木然地吃着甜点,没有觉出任何味道。我当时离开伦理是对的。我帮了他的忙,他对我也极好。我继续喝着酒,现在我只理解这酒的滋味。我已不在场。对话在平行的世界里继续着。

我正要喝完一瓶的时候,突然想出了答案。十九岁以来,我最喜欢的诗人就是热拉尔·德·内瓦尔。每天早上,我在高峰期乘地铁的时候,为了不会窒息而死,我会背诵《不幸者》。由于一些我无法克服的原因,内瓦尔的一句短诗都会搅动我内心深处的某种东西,令我哭泣。这不是沙龙式的迷恋,而是我每天生活在其中的一种爱,这种爱拯救了我,同时也用绝望刺痛我。我最终会像拉布吕尼一样,在巴黎的路灯上自缢身亡。

我想要打断他们,告诉他们我是一个阴郁的人,一个鳏夫,一个得不到安慰的人,是在塌毁的塔楼中的阿基坦王子。但是伦理正在给他们展示他设计的珠宝草图,而我像其他人一样被他创作出的美所吸引。我带着感激的情绪回到了现实中。

晚餐结束了,伦理将要重回他的生活中。我的生活是一场持续的永别,我永远不知道何时是最后的别离。我应该比普通人经受过更多的锻炼,但事实正相反。我经历过太多的离别,我的心已破碎。

我拾起最后残存的勇气,向第一个让我感到自我的存在的人道别,我还会拥抱他,像是坐在处决死囚的电椅上那样。

"二十多年前,你教过我一个很有用的形容词。"伦理严肃而认真地说。

"啊?"

"难以描述的。今天确实难以描述。"

我想起来了。他这个词的发音,几乎不比二十年前的时候好。那是因为他也一样感动了。

我们简短而有力地拥抱对方。

我跑去躲进出租车里。感觉到平安无事,我开始正常地呼吸。和以往一样,伦理说得对。确实难以描述。

第二天早晨,导演们对伦理赞不绝口。我也与他们一起夸赞他。所有人都显然想到一个问题,但是没有人敢于问起:我1991年逃离伦理是否后悔?

这个问题,我前一天晚上思考过,并且已经有了答案:不,我不后悔。是的,伦理很优秀,我为他骄傲。但是与他重逢的时候,我也重新发现了和他在一起时我每天都会感觉到的一种东西:拘束。那个时候,我曾相信这种奇怪的感觉在每一种长期的关系中都会存在。而后,我却发现了我可以跟别人在一起整个晚上,却不会有这种不自在的感觉。

说起拘束这个话题,它并不是只有坏处。有话可以证明:没有比肆无忌惮的人更糟糕的个体。拘束是重心的一种奇怪的缺陷。如果一个人的内核一直是漂浮不定的,那么他不可能感受到拘束。重心稳定的人,也不会知道拘束是什么。拘束是对他人的过度感知,拘束的人只会依照他者而生存,因此他们会非常有礼貌。拘束的悖论在于,它在他人渴望得到的尊重的基础之上,生出了一种不适。

或许所有的日本夫妇之间都有这种拘束。我并不了解,我只曾了解伦理一人。事实是,即便在拘束之中存在着迷人之处,我依然不后悔选择了没有拘束的爱情。

1989年,白金公园曾是我和伦理恋爱约会的地方。那时的白金公园几乎一直都是荒芜的。公园里有一个池塘,四周环绕着微风轻拂的灯芯草。鸢尾花也会应季开放,在风中摇摆的鸢尾花像是剑戟一样。我很乐于再去一次这样浪漫的地方。这将是我第一次没有伦理的陪伴独自前往。

我们抵达了一小块游乐场。

"这不是白金公园,"我说。

梦人非常肯定。他给我看一张东京平面图。只有一个白金公园,确实就是这个狭小的空间。好吧。我不知道自己惊讶什么。出人意料的是,1989年,这里曾经有一个配得上这个名字的公园。住房危机或是简单的"危机"二字战胜了诗意。住房被建筑在鸢尾花开放的地方,因为人们不能住在鸢尾花里面。我因此而被冒犯是合情合理的。我自己也一样因为没有住在鸢尾花里而感到庆幸。

最终,我思考的唯一一个问题是:为什么人们留下了一块空地叫做白金公园?既然池塘被填平,灯芯草被除掉,为什么不推广经济逻辑直至让这个公园的名字也消失掉?这样似乎不那么令我伤心。

我把自己的想法解释给梦人。他说:

"因为这里的人一样需要一个地方供他们的孩子们玩耍。"

我看向我们的周围,确实有两个小女孩坐在翘翘板上。我觉得经济逻辑还想到了这两个小女孩,确实令人赞叹。但是我仍有疑虑。白金的意思是"白色的钱"。"钱"这里指代金属。这个词在日语中和在法语中经历了相同的意义转变。"金属"引申出了"硬币"，"硬币"又引申出了"钱"。

即便是大多数的城市公园都经历了白金公园的命运，这个公园却因其名字而让我觉得是世上悲伤的变化的代表——只有诗意的东西是没有未来的。"白色的金属"听起来比金银器更能够让我们脱离贫困。

我不能在这些思考上继续浪费时间了。男导演主意很多。这个游乐场里有一座假山，大概两米高。他让我爬上假山，并且在山顶摆出胜利的姿势，就像蕾妮·瑞芬舒丹的电影里面的女主人公一样。"我们会配上施特劳斯的音乐《查拉图斯特拉》!"他喊道。这个场景将可以非常方便地用来替代我儿时爬富士山的回忆。在这种转变中，我衡量着自己的衰退。

因为这个公园同样是一个被剥去了浪漫的地方，我呼吸着樱花树旁充满灵感的气息。我等待着我的日本未婚夫。我知道此后我将为他等待很久。为了在摆这个姿势的过程中不显得那么厌烦，我试着想象伦理会出现。过去的平静的确信，如今变成了不知何种的空虚。即便他真的来了,我也会同样感受到那种拘束,而像现在这样,我只是什么都不会感受到。

几年前,我曾需要为让-巴蒂斯特·蒙迪诺摆姿势,他或许是曾经为我拍过照片的人中最著名的艺术家。因为我专心地做出各种表情——快乐,惊讶,鬼脸,他生气地停了下来,斥责我说:

"你能告诉我你在做什么吗?"

"我在试着给您做出些东西,"我结结巴巴地说。

"我没让你做任何事情。这就是我想要的。保持虚空。不表现任何情绪。"

我服从了他。不到四分钟他便拍出了被采纳的照片。或许这就是目的:不表现任何情绪。我注意到了业余摄影爱好者梦人,正拿着他的手机像狙击手一样对着我拍照。作为行家,他一定觉得我到达了适合拍照的顶点。被昨晚的感情所冲击,我现在是虚空的。

我很遗憾,别人会做出结论说我是悲伤的。事实并非如此。二十岁的时候,我和伦理经历了美丽的故事。这种美暗示着它已经结束。就是这样。

一段记忆又回到我的脑海。当伦理来到白金公园与我会合,在我又能见到他的那种由衷的喜悦之中,混杂着一种隐秘的焦虑:"从现在开始,要幸福起来。"想到以前的这种焦虑,我微笑了。而后我对自己喃喃地说道:"从今以后,不要幸福。"

一切都结束了。二十岁的时候,我做了人们在这个年纪会做的事情。所有的事情都非常圆满。如今我的年龄到了二十岁的两倍,我可以没有恐惧也没有遗憾地回望。没有伤害:我二十岁时的未婚夫并不憎恨我,他很幸福,他的人生很成功,我们的回忆很美。因此他偶然给我一种意料之外的奖赏:我又重新感觉到了虚空。在西方,这种状况看起来像是一种失败。在这里,这是一种恩惠,我也将其看做一种恩惠。

重新感觉到虚空,即从词语的本身含义去理解,没有什么需要阐释。亦即通过五种感官体验空洞。非常奇妙。在欧洲,这会让人想到寡居、阴暗、得不到安慰的人;在日本,我只是无婚约,非明亮,这一切无需安慰。虚空里没有圆满。

在白金公园樱花树下拍摄的照片,将是最美的。

我离参悟一直很远,但是我这时所经历的也许是参悟的一个缩影:见性。它是希望状态的一次显圣,在这里,我们毫无障碍地处于绝对的现在,处于永恒地禅定与极乐之中。

达到这种状态后,为了尽可能长时间地保持,必须要有消极状态。我们却不能努力变得消极,这在措辞上是一种矛盾。于是我幻想自己是一个包裹,任由人们运输。

制作团队将我带到了涩谷,东京人流量最大的街区之一。差不多正是高峰期。他们将我置于人群之中进行拍摄。汹涌的人群推动着我。我漠然而仔细地体会着这潮汐。我很乐于随着这波涛浮动。男导演也加入进来,用手势告诉我何时需要停下来。这是我能够做出的最大限度的自由动作。我在涩谷的十字路口中央站定,成群的步行者们各自遵循着自身注定的命运。谁也不关心谁。所有的行动都准确无误地进行着,这种准确性证明了一种组织原则的存在,我们可以认为自己处于一个被遥控的城邦,或许我们正是在那里。

因为这并不是我第一次见性,所以我辨认出了这种自失状态的典型印象:对"急迫"的感知。没有任何感觉比这更能一闪而过。我处于某种即将开始的事物的源头之处,那里有一个巨大的开端,不停地开始着。我不知这是什么,但是正在恒久打开的东西是广阔的。我甚至不能够去提醒什么人,因为它正在到来,到了,到了,现在,就是现在。"现在"这个词让我眩晕,它愈加以日语文字出现在我面前:"今",它更加短暂,我们可以用更短的时间注意到,一切正在发生。

涩谷的巨型广告牌也加入进来,大量的广告抓住了我的视线,那是一个叫做"Sexy Zone"的东京男孩组合,他们正是"现在"的具体化。不是重要的神职人员,也可以猜出六个月后这些男孩子就会变得太老,但是现在他们刚好十五岁半。他们的星际发型下掩藏着性别难辨的孩子的脸,而他们从 NHK 录音室走出来的时候,小女孩们幸福地喊叫着。我们可以嘲笑她们,但是没有什么比这喊声更真实——一群日本女中学生们在这些男孩子面前的喊叫声,五分钟之后他们依然会是她们的神明。

涩谷的十字路口是一个绝好的见性之地,我正在这么想着(在无限中不存在一个绝好的见性之地),突然被打断了。有人打电话给梦人来找我。我忘记了两周前曾经同意接受这次电话访问。梦人把他的手机拿给我,我在涩谷拥挤的人群中对话帕斯卡尔·克拉尔克,参与法国最重要的广播电台的直播。在我的自失状态的深处,模糊地记得有个地方叫做法国,那里有个著名的记者帕斯卡尔·克拉尔克。她向我提出一些我听不懂的问题。和其他人一样,她问起我如何看待图书增值税上涨。我的回答极具见性:

"好极了,一切都会好起来。"

正常的时候,这不是我该说的话。但是我并不在正常的时间。记者并不知道我的状态,她因我对广播里的愤慨与激荡一无所知而感到气愤。我如何向她解释在那一刻我几乎不知道什么是书,对增值税亦毫无想法?

"您真的认为有值得乐观之处么?"她最终问道。

我沉浸在自己的极乐之中坚持着自己的观点。她非常沮丧,问起了一个趋俗的问题:

"您什么时候回法国?"

我一阵冲动大声喊道:

"永不!"

这是来自我内心深处的话语。我想在涩谷的十字路口度过一生。我完全不想回到那个国家,那里人们会命令你对无法理解的话题表明态度。

记者与我道别,挂断电话。我因最终摆脱了西方而感到宽慰。将电话还给了梦人,我隐没于人群之中。冲击着人群的一切也冲击着我。一种无限的沉醉让我任由自己在汹涌的人潮之中变得麻木。我不知道这样无目的地走了多久。我希望永远这样走下去。我是一片沸腾的阿司匹林,消解在东京这座城市里。

4月6日。今晚,我们将要乘飞机经由迪拜返回巴黎。今天也和往常一样有一天的摄制工作。

只是我已经到了昨天的第二天。见性荡然无存,只有饮酒过度的口干依然延续着狂喜的状态。我已经到了极限,精力耗尽,像一个疲惫的虚无碎片。

这与任何人无关,我决定振奋精神。我们要去上野公园。像几乎所有东京人一样,我们也想去欣赏蓝天之下的樱花。

这是我曾无数次观看过的表演,人们不知道更应该赞叹什么,是蓓蕾的绽放,还是全家在树下聚餐的惬意。恋人们做着恋爱要做的事情,他们透过枝叶看着蓝天彼此轻吻着。父母正向孩子们解释着哪种赏花的做法是合适的。最为倔强的孩子们大哭不止,而最乖巧的孩子们已经开始带着敬意观赏花瓣。

和以往一样,真正自得其乐的是老人,尤其是老妇人,她们一边吃着喝着,一边大声地取笑着他人。她们用手指着我,一边嘲笑着。我把帽子拉低,为了掩饰我已疲惫不堪,也因为我不想在樱花树下散步的时候还被跟拍着。我知道这里很美,但是我已经没有力气去享受。老奶奶们因我的惨相而感到欢愉。她们推算着我的年纪,我还有三十年左右的时间可以保持礼貌,而后,我会像她们一样疯狂。

非常不合时宜,我现在开始觉得饿了。在拍摄过程中,我强制自己禁食,因为我只要一吃东西,脸色看上去就像是刚刚吃过圣诞火鸡的修女。我等着到晚上再进食。通常这不会引起任何问题。今天,或许是因为人们在公园里悠然自得,我觉得饥肠辘辘。我觉得那些老妇人们为了嘲弄我,在过量地往嘴里填塞糯米点心。我装作不在乎这些琐事。

通常,我很喜欢饥饿的感觉。这是一种令人舒适的感受,它预示着有关愉悦的众多假设。饥饿的人的感知更为强烈和准确,他极具生命力,并且从不会问起"那又如何"这样的傻问题。

4月6日我所感受到的饥饿是一种苦难。它并没有与任何欢喜相伴而生。我感到饿的时候,会想到最令人惊讶的菜肴;这次,我却什么也没有想象。老人们的糯米点心就在我的眼皮底下,它成了我饥饿的直接原因。

不知何故,每一次拍摄都要重复不知多少次。我像是机器人一样服从着命令,我像一个虚空的骨架在行走,在欣赏着樱花,为了让东京的女巫卡拉波斯们取笑。

而后,我们去了这城市的河岸码头坐游船。完全自失的我坐在船上,任由它载着我,任由人们拍摄着。隅田川是日本国内唯一一条可以称得上是大河的河流,因为它是可行船的。我所见过的日本其他河流,都像是小河或是激流。似乎过去的塞纳河也是一样,需要有人类介入其中才会有它如今的源源不断的水流量。

这时我觉得自己就像是日本隅田川以外的一条河流,我偶尔会涨水,但今天我是在最严重的枯水期。船上的人们看着我,似乎在想为什么人们会拍摄一个如此心不在焉的人。我和他们的想法完全一致。

回到河岸码头,男导演提议拍摄一些我看向游船的镜头。我严肃地回答道,如果他再继续拍我一秒钟,我就会去自杀。很幸运,他听从了我的建议。否则我就需要履行诺言。

摄像机就像是一个年老的阿姨,人们会忍受她一段时间,直至突然之间,再也无法忍受。就是这样简单。

男导演把他的仪器装回了为了这种状况而准备的行李箱中。突然之间,我明白自己已经从一种机械性的眼神中解放了。除了和伦理约会的时间之外,这种眼神一刻都未离开过我。一种解放的感受将我淹没。我毫不犹豫地跑去买了糯米点心,而后在去往成田机场的出租车上狼吞虎咽着。

想到即将离开日本,原本会猛然袭来的忧伤这次却没有出现。我枉然沉浸在这种情绪中,但是我没有忧伤。想到不用继续被拍摄,我只感受到一种特别的喜悦。

在机场,我坐在一个大屏幕前,看着实时世界天气预报。我饶有兴趣地停在那里几个小时。夜幕降临的时候,我们登机了。我的脑子里满是约翰内斯堡和赫尔辛基的天气。我很快就睡着了。

几个小时之后,一种直觉让我清醒过来去看风景。我打开舷窗的遮光板,看到的景色让我窒息。飞机正在飞越喜马拉雅山,山的白色足以点亮黑夜。我们离最高点是那样的近,以至于我想到触摸珠穆朗玛峰就屏住了呼吸。我的一生中从未见过如此崇高的景象。感谢日本让我见到了这一切。

我仍然贴在舷窗上,仔细打量这些白雪覆盖的巨人。幸运的夜晚,让我能够欣赏这一切。在白天,光线的强烈一定会让我转过脸去。在夜里,我觉得像是在海底潜水远行时遇到了一群蓝鲸,高贵,静止,在倒数第二层的深底,并不彻底的黑暗之中。这种黑暗比人类可怕的照明更能让我看清楚。

我近距离地接触这些巨人,我感到无限狂喜,尤其因为它们对我的存在一无所知。它们以杰作中善意的漠然来回应我的爱。这与读一本非常伟大的书一样神圣——我会因兴奋而流泪，文字却完全不在乎。我多么喜欢这种令人惊叹的孤独！面对无限时无需与任何人说明是多么美妙的感觉！

并不是真的没有任何人，还有我，我永远都不能抛弃的自己。我很快就介入其中："阿梅丽，你起誓，永远都不要悲伤，也不要忧郁；触摸过珠穆朗玛峰的人没有这样的权力。从今以后我最多能容忍你的，是幸福的怀念。"我起誓。不得不发誓这件事，听上去像是错误的。我耸了耸肩。喜马拉雅山依然在那里，保护着我。

我贴着舷窗，数着飞机所飞过的真实的或是我幻觉中的地区：西藏、尼泊尔、拉达克、克什米尔、巴基斯坦，我们的世界多么雄伟壮丽！我的内心萦回着自己的誓言，坚定不移地确信绝望的人都是狭隘的傻瓜。下次再遇到不幸者的时候，我会对着他大喊："珠穆朗玛！喜马拉雅！"如果这些词汇不能让他找到治愈的方式，那么他便只能去承受这痛苦。

内心的一种声音让我保持谨慎:"这样的宣言会付出代价。"我不知道,但是我不相信。面对面地看见珠穆朗玛峰,让我战胜了几乎没有理性的自己。我最危险的弱点,可能就是在极为壮丽的景色面前会有一种夸张的渗透性。我毫无障碍地融入其中,并且会感觉自己被这种奇迹般的存在赋予了铠甲。希腊人劝导我们要谦逊,而这种逻辑的反面在我看来也同样能够成立——因为有珠穆朗玛峰,有富士山,有乞力马扎罗山,同样还有撒哈拉沙漠,有西伯利亚,有亚马孙河流域,有各大海洋,我们像高乃依笔下的主人公们一样,被呼吁着不要去拒绝任何一种尊贵。

这个星球向我们展示着它的比例:地球给我们展示了它的全景,我们怎么能够感觉自己渺小?知道木星与太阳离我们无限地远,是一件多么美妙的事情!我们中的大多数人,不能够用肉眼确定这种差异;而我们没有亲身感受过的事情,就像是在学校里反反复复听到的话一样,对我们并不重要。但是我们每个人都可以观海,可以爬山,可以欣赏自己周围的事物,可以陷入一场恋情——在我们的所及范围内,广阔可以比细微多上一千倍、一亿倍，也正因为如此，我们总是倾向于渴望超越我们的事物。如果我们不会因得不到它而感到万分痛苦，那么这种渴望将会是非常美妙的。

"Contact hight"指的是未吸毒的人与正在吸毒的人接触时所体会到的一种感觉。这个在毒物癖领域应用的表达方式，同样也可以衍伸出其他的用法——在听莫扎特或贝多芬的音乐时，或是读圣女德肋撒的作品时，或是当冒险的飞机极近地贴着珠穆朗玛峰飞过时，贴着舷窗亲近珠穆朗玛峰。没有人比我对"Contact hight"更为敏感。对我生命中的大多数悲剧来说，我不能找到其他更好的解释。我有一种可怕的天分，能够捕捉到空气中的频率，体会出它们的趣味，同样也能够接受它们的节奏。

在空中客车上，乘客们都睡着了。我们三个人透过舷窗看到了与众不同的峰顶。这让我想起了我与一位非常亲密的朋友的对话。我和她在巴黎飞往旧金山的飞机上，她非常惊讶我总是紧贴在舷窗上。

"你在看什么？"她问我。

"世界!"我答道。

"啊？是吗？你看到了吗？"

是否应该说明这位朋友一生中经常乘坐飞机？我无法为这一段深有启示的对话做出结论来。

4月7日黄昏时分降落在巴黎。

我徒劳地记住了飞机降落时的广播内容,每一次降落时我都向前走。看到埃菲尔铁塔的时候,我愉快地睁大了眼睛。一个拿破仑式的声音在我内心响起:"这是你取得了居住权的城市。"我深为震撼,我在思考着自己的幸福,并享受着即将发生在我身上的种种奇妙的事情。

我忽略了柯莱特的那句不可思议的话:"巴黎是世界上唯一一座你无需在其中过得幸福的城市。"舒适必须以努力为前提,而巴黎的辉煌使这种努力变得多余。很快,将巴黎分割开来的那条极美的河流,如今变成了冥河斯提克斯,不断有人犹豫不决地涉水而过。生命?死亡?又能怎样?从桥上跳下去的人们,大多不是因为渴望如此,而是出于拒绝选择。

巴黎也同样是一个杂乱堆放的衣橱,当我敢于打开橱门的时候,里面的东西就全部砸到了我的头上。不需要写多久,巴黎的问题就会积极地凸现出来。

这时候美人鱼开始歌唱了。西尾太太的怀抱在哪里?我可以打电话给她。但是我的日语太贫乏,以至于只能讲出乏味的唠叨。

我打了电话给伦理。我们的交谈很热情,但是我们没有什么太多的话可以说了。

很多人让我跟他们说说。我试着回应,但是我的话听上去很假。怎么可能不假呢?我撞上了"难以描述"的墙。我不知道是应该将它推倒,从中得到极小的一块土地,还是干脆从中挖出一条通道。

最终,我选择了第二种方案。因为我正处于感情的僵局,我决定出去旅行。

这次,我的目的地是未知的。

译后记

单纯宁静,有如归省

普鲁斯特在《追忆似水年华》中写道:"对一个人最为专注的爱总是对另一种事物的爱。"我对待《幸福的怀念》这本书也是如此。诚然,这本书自身的内容与风格触动了我,但是对于我来说,倾力促成这本书在中国的译介,却同样有着另外众多的城市与人的因果。

阿梅丽的"怀念故事"始于巴黎。我与这本书的相遇,也在巴黎。2013年我在巴黎四大文学系访学。每次到巴黎,必定都要拜访自己一直敬慕的张寅德教授。访学半年间有幸能够两次见到张老师。第一次是在十三区的一家咖啡厅,张老师百忙之中抽出时间匆匆一见,他脸上的疲惫在巴黎暮春悠缓的晨光中显得并不应景,但是眼角眉梢流露出的对昔日学生的亲切与从未改变的温润儒雅的笑容都令我极为感动。谈话中我提起自己"旧病复发","翻译瘾"又犯了,想请张老师推荐一本女作家的书。八月末在拉丁区的小咖啡店里,再次见到张老师的时候,张老师送给我这本《幸福的怀念》,说是诺冬那一季书潮的新书,他自己还没来得及读。为我选了这本书,一是觉得诺冬的书一直畅销,法国的评论认为她与萨冈的风格相近,而我之前也翻译了一些萨冈的作品;二是诺冬讲述了自己在日本的故事,恰巧我对自己的日本生活也有着一种怀念情愫,翻译起来容易产生共鸣。那个处处洋溢着假日气息和花果茶香气的巴黎盛夏午后,那种畅谈法国文学与翻译的激情,在一年后的今天,成为了我结束这本书的翻译时首先忆起的"幸福的怀念"。如书中的西尾太太之于阿梅丽一样,或许我们每个人的生命中都有这样重要却没有血缘关系的长者,亦师亦友的张老师,是我一直尊敬与喜爱的长辈和恩师。

巴黎是一座最为丰富与包容的城市。无论处于何种状态,你都能在巴黎找到让自己最舒适惬意的理由。诚如书中所引用的句子:"巴黎是唯一一座你无需幸福地生活在其中的城市。"即便阿梅丽觉得巴黎像是一个"杂乱的衣橱",她依然在这种"无需幸福"的状态中感觉到这城市带给她的踏实与安稳。但她曾夜以继日地追念的日本却是一个严谨与精致的国度。阿梅丽在每一个不经意的细节之中寻找着曾经的种种小小情意和朦胧记忆。对于阿梅丽来说,日本是一切怀念的源头。阪神地震中幸存的幼稚园、金阁寺不动声色的奢华,印证着她儿时的记忆;东京街头汹涌的人潮、电车进站时刺耳的铃声,重现出她青春时代职场上的战战兢兢;青山公墓盛开如旧的樱花、白金公园无迹可寻的鸢尾,恰似她曾经的爱情里的物是人非。阿梅丽百味杂陈地踏上充满回忆的日出之国:从出发之前的忐忑与纠结,到抵达之后的感伤与喜悦;从见到西尾太太时难以面对的时光不能倒流的隔阂,再到与昔日恋人重逢时无法描述的相见不如怀念的怅惘。仿佛梦想成真的时候,却清晰听见它破碎的声音。与其说福岛之行以及与喜马拉雅山的浪漫相遇是怀念之外的偶然,不如说这是令阿梅丽瞥见自己内心深处的天意。经过"情感过剩"的怀旧之后,阿梅丽所谓的"见性",或许应该更确切地理解为对过去之爱的脱胎换骨的领悟。我们无法阻断时间之河的恒久变化,只能在踏入回忆的洪流之中时,以平常之心应对日日无止息的改变。

翻译起这段关于日本的怀念,忽觉书中各种元素的拼接,恰到好处地将我人生中的某些片段联系起来。千叶的夏祭花火,伊豆的海上明月,福岛的天然温泉,京都白云蓝天下青翠的大文字山,沿着东北道追逐过的樱花阵线;在未婚夫兼职的外语教室外面长椅上抱着厚重的字典翻译萨冈的虔诚,在大阪湾买下人生第一套公寓时的欣喜,待产时却遇到东北大震灾的恐惧,东京的青砥车站旁,和儿子一起等待爸爸下班回家时内心的安详,每一次在成田机场入关后看到"おかえりなさい"("欢迎回来")的标语时脸上的微笑和心中的暖意。如今回想起来，每一幅画面、每一种心情，都融入了当时当地的风与云烟之中，阳光与空气之中，让人在不经意地回首间对生命中的每一帧风景心存感激，却也找不出更合适的话，只是听见心中轻轻地响起那句非常日式的表达："懐かしいね……"不是中文，不是法文，无论中文的"怀念"或法文的"nostalgie"都无法准确地表达出这样的情愫。

小说主人公结束日本之行飞抵巴黎，看到铁塔的那种踏实，就像是我出了山海关，看到东北平原一望无际的绿。这是我唯一一本在故乡完成的译书。这座非乡村非城市的北方小镇，自我离开后虽然没有像小说中的日本一样经历地震，却同样历经了无数的变迁，抹去了太多的记忆。我梦里曾魂牵梦绕的故乡，春天会开满桃花。红衣服的新嫁娘穿过小巷，新绿的柳枝弯腰拂过河沿。三月榆钱绿，五月槐花香，六月七月麦子金黄……如今古老的城门继续增添着斑驳颜色，只是故乡不会再带给我而是的感伤与欣喜，如同阿梅丽无法在日本寻回儿时的自己。只有带儿子去森林公园时偶然看到的杏树下面的一小堆青沙,才是唯一没有改变的东西。这种方言中被称作"青石烂"的页岩,经过风化很容易变成一触即碎的沙石粒。每一块小小的碎石上,都印记着有如墨色印染的远古动物与植物,它们见证着远古时期一片汪洋留下的痕迹。故乡曾给了我对于"海枯石烂"这一成语的最初具象。回到一个我所不认识的故乡,对于所有的童年记忆来说,无异于再次经历了一场"海枯石烂"的变迁。我完全能够理解阿梅丽重游故地发现童年时代的排水沟时那种虚空的惊喜。我所见的依然如故的清凉夏夜,晴空万里月朗星疏,如同阿梅丽可以感觉到的始终未变的静寂与空气。时过境迁,我们所爱的一切,终将成为一场虚幻。或许正是这虚幻成就了我们幸福的怀念。翻译这本书,如同说些最普通的事情,做些最普通的变化,过一段最平凡的日子,袒露最平凡的心迹,在日日凡俗的生活中有所领悟,有所舍弃,有所承担。这本并不隽美的书,没有跌宕的情节,没有华丽的辞藻,在浮华落尽后的俗世尘埃里,它或许只是渴望遇到一颗最为单纯宁静、有如归省的心。

段慧敏

2014 年 8 月 16 日

于喀喇沁左旗旧宅